U0055178

淘寶黃金手

卷十 揮金如土

羅曉 著

目錄

淘寶
黃金手

第一四六章

讀心術

馬樹這個讀心術，就是一種能讀到別人思想的能力，
但他也不是隨心所欲，想讀哪個人就能讀到哪個人的思想，
這個能力是有限制的，他必須看到那個人的眼睛，
兩人的視線對碰過後，他才能讀得到。

那十來個人相互望了望，其中一個點點頭，然後十來個人便都掏了手槍出來，卻是把槍口對準了曾國玉、顧園、華劍星、周宣和魏海洪五個人！

曾國玉呆了呆，隨即喝道：

「你們瘋了？郭子傑，你什麼意思？」

曾國玉找來的這十多個保鏢，那個叫郭子傑的似乎是他們的頭，嘿嘿笑了笑，說道：「老曾，不好意思，現在這個時代已經不是你們當年那個時代了，現在是金錢時代，我能跟你說的只有一句話，那就是，莊老闆給的錢比你給的錢多幾倍！」

曾國玉呆了呆，眉毛都豎了起來，怒道：「就爲了錢出賣我？你還有道義沒有？你有良心沒有？當年……」

郭子傑嘿嘿一聲就打斷了曾國玉的話：「嘿嘿，老曾，別跟我提道義良心什麼的，道義良心値多少錢一斤？如果能換錢的話，老子先賣給你！」

曾國玉臉色鐵青，望著顧園和華劍星直哆嗦，也不知道說什麼好！

莊子賢呵呵笑道：「幹得好，每個人再加五十萬，把錢都給裝起來！」

前後都面對著黑洞洞的手槍，顧園和華劍星以及曾國玉當然沒能力反對，這時候的心情當真是從一開始的大驚到贏錢後的狂喜，再到現在的如墮冰窟，幾起幾落的，無法形容！

這事也怪不到周宣頭上，最開始的協商當中，周宣就說明了，他們也分好工了，周宣只管贏錢，其他的事都不歸他管。這個結果，問題是出在他們自己身上！

但周宣卻在這個時候站起了身，呵呵地笑了笑。

對面的莊之賢喝道：「給老子待著別動，否則就打斷你的狗腿！」

周宣笑笑道：「是嗎？呵呵，我倒要瞧瞧，看你怎麼來打斷我的腿！」說著，轉身盯著身後持槍的漢子。

站在周宣身後的兩個黑西裝大漢把槍一甩，正要喝令周宣時，卻忽然發覺握槍的手指劇痛，忍不住就大叫一聲扔了手槍，左手捧著右手直是慘叫！

周宣彎腰把兩把手槍撿了起來，就在他撿槍的那一瞬間，前後的持槍漢子對著他直扣扳機，嗒嗒嗒的撞針聲音連響，但卻沒有子彈射出！

周宣握著手槍，對著身後朝他開槍的漢子砰砰就是兩槍，當然這兩槍是射腳的，兩名持槍漢子當即栽倒在地，加入頭先兩名扔槍呼痛的人列中，四個人的慘叫聲此起彼伏。

周宣冷冷一笑，把手槍一把扔給曾國玉，一把扔給顧園，叫道：「拿好！」

顧園和曾國玉還有些發怔，因為還有十幾二十支槍口對著他們，自己這兩支槍能有什麼用？心裏直納悶，剛才明明見到這些人都向周宣開槍，但卻沒有子彈射出，這些人搞什麼鬼？但周宣扔給他們的這兩支槍卻是剛剛開槍射擊過的，這東西是真的！

曾國玉因為手裏握著槍，那些人又對著他連連開槍，但依然只聽到撞針撞擊的聲音，沒

有子彈射出，也沒有槍響！

到這時，曾國玉和顧園都明白到，這些人手中的槍都有問題，或者是假槍都說不定，而他們手中這兩支槍肯定是真槍真子彈！

曾國玉一喜，槍口一轉，對著郭子傑「砰砰」就是兩槍，把郭子傑左右雙腿一邊一槍，郭子傑「啊喲」一聲就栽倒在地，呼痛的聲音比另外四個人更響！

「姓郭的，再他娘的叫，老子就在你腦袋補上一槍！」曾國玉惡狠狠地叫著，這個時候，對方雖然人多，但都是紙老虎，手槍都沒有用，而他跟顧園握著的手槍都是真的，這就跟剛剛郭子傑說的一樣，誰是強者誰就是主宰，三十年河東三十年河西，風水輪流轉，只是沒想到的是，會這麼快就輪回來了！

而曾國玉剛剛還想著，爲什麼周宣眼睛就這麼準，恰好知道這兩個人的手槍就是真的？他又是以什麼方法把手槍搶過來的？反正那絕不是那兩個人裝假扮痛扔了槍的，但現場的情形危急，他一時也就忘了這個問題！

曾國玉的兇狠讓郭子傑和對方那些打手都很畏縮。

因爲曾國玉和顧園手裏拿的是能射擊殺死人的真槍實彈，而他們手裏的槍是打不出子彈來的，這時候可不敢再賭下去了，自己的槍打不響，而顧園和曾國玉拿在手裏的槍可是致命的，剛剛把郭子傑和兩個背叛曾國玉的手下打傷了，這可是他們清清楚楚地瞧著的，如果要硬來的話，曾國玉可是真敢開槍打人的，要知道，他以前也是很有名的黑道人物。

馬樹和莊之賢尤其驚怒交集，明明占優勢的情況下，怎麼忽然就變成一面倒的局面了？

曾國玉冷冷地瞧了瞧莊之賢和馬樹一眼，然後手槍一擺，對背叛了他的那些保鏢喝道：

「你們幾個，把那些箱子提過來，把錢裝進去，快點，誰動作慢，老子就打斷他的狗腿！」

這時候，打斷狗腿的話又輪到曾國玉說了。

跟曾國玉來的保鏢有十來個，被周宣弄傷兩個，又打傷兩個，曾國玉又打傷了郭子傑，這時還剩下七八個人，曾國玉兇狠狠地揮槍一喝，他們馬上就慌慌張張地跑過去把那些空箱子拿過來裝錢。

莊子賢看他們把桌上的所有錢都往箱子裏面裝，頓時伸手一攔道：

「慢著，華少顧少，你們裝你們自己的錢就好了吧，可別裝我的錢！」

顧園和華劍星霍地一下就站了起來，氣呼呼的，一時說不出話來。

但周宣卻是搶在前面說話了：

「你的錢？莊之賢，恐怕你的臉皮比長城還要厚，賭桌上的人都說過吧，願賭服輸，你的錢都輸給我了，這桌上還有哪一張錢是屬於你的？按你剛才的話說，不是誰有槍，誰強，這錢就歸誰了?!」

「你他媽的算老幾？」莊之賢一聽，馬上就火了起來。

在香港，像他們這樣的超級億萬富豪家族，就算是政府高官那都是要給面子的，這也從小就養成了莊之賢囂張自大的氣焰。

剛剛周宣說了這錢都是他贏的，莊之賢如何能忍這個名不見經傳的傢伙？如果是顧園、華劍星、曾國玉，他還給幾分面子，像顧園、華劍星跟他的家族勢力是相差無幾的，大家的地位差不多。

其實在場的所有人中，莊之賢最在乎的卻是一直沒說話的魏海洪，他家族再有錢，那也不敢輕易得罪京城高層的，這一點他還是明白。

對周宣，他就無所謂了，而且魏海洪還曾經說過，他跟周宣沒有交情，只是偶然認識的，順便過來看看賭局而已，所以他心裏就認定周宣是沒有背景的。得罪他無所謂，通常這些賭術高手都是從騙子轉化而來的，不可能有什麼背景。

但莊之賢想錯了，他話一出口，魏海洪忽地一下就站起身，伸手猛一拍桌子，衝著莊之賢怒道：「莊之賢，我兄弟不算老幾，那你他媽又算老幾？信不信老子一句話就可以毀了你們莊家所有的生意？」

魏海洪的話，分量可就不是一般的重了！

就這麼一下，莊之賢就被魏海洪的話弄得發愣，好半天都沒有反應過來，魏海洪稱這個傢伙為兄弟，那他們到底是什麼關係？魏海洪說的話那可不是兒戲，要是他動用了魏家的力量，說要毀了他們莊家的生意，雖然有些托大，但也不是說笑的，京城高層要整治某一個商人，就算一下子整不死你，但大傷元氣，退步到原始社會，這也不是做不到的！

莊之賢平時囂張得不得了，所倚仗的其實就是家族的勢力，他的眼中就是赤裸裸的金錢勢力，如果他們莊家沒有錢了，那他還有什麼值得囂張倚仗的？

顧園在魏海洪發話後，就明白這個幫他們贏錢的周宣來頭也不簡單，以魏海洪的身分和氣度，可是從來沒見過他說哪個人是他兄弟的話，心裏一怔後，隨即把槍一擺，也惱道：

「姓莊的，你既然撕破臉了，那我姓顧的也把醜話說在前頭，今天這事我總算明白了，你是姓馬的後援，你就是他的老闆！之前，你們設局贏走了我跟華少近三億的現金，我們可是屁都沒放一個，不管你們是出千也好，真贏也好，總之，這個錢，老子輸就輸了。可是現在，我們周先生贏馬樹這一局，你可是瞧得清清楚楚的，人家可是憑本事贏的，老子輸就給錢，你輸了卻要賴賬，你他媽的算什麼東西？」

顧園一發火，華劍星也趁勢揮槍吼道：

「別提這事了，一提起我就火大，今天這錢，我們可是正正當當的拿走。姓莊的，你可真他媽的卑鄙，狗日的……現在誰再說這話，老子就開槍把他娘的狗腿打斷！」

看著幾個保鏢動作緩慢，華劍星「啪」的一槍，把他們身邊的一輛小轎車的車窗玻璃打得粉碎，喝道：「動作都給老子快點！」

到底是武力才有威懾力，華劍星槍一開，那些保鏢動作馬上飛快起來，七八個人一箱一箱地把錢裝進箱子裏。華劍星對顧園道：

「顧少，你把那輛十六人的麵包車開過來裝錢，我盯著這些狗日的！」

顧園點點頭過去開車，曾國玉就督促著那些保鏢趕緊裝錢，看著長桌子上二十億的現金都被裝進箱子中，莊之賢和馬樹臉色鐵青，但這個時候是人在屋簷下，不得不低頭。

莊之賢和馬樹其實心思是不盡相同的，莊之賢是心痛錢被別人拿走，而馬樹心痛錢還在其次，更是在想，周宣到底是怎麼知道他的底細的？

馬樹的這個秘密，除了莊之賢一個人知道外，可是再沒有其他人知道，馬樹就奇怪了，周宣難道也會他這種能力？

馬樹的讀心能力，是一個藏在他心裏的秘密，在他十一歲的時候就發現了這個能力的好處，那個時候，他老爸是個賭鬼，又是個酒鬼，而且經常輸錢，輸了錢，就回家打他跟他媽兩個人。

馬樹從小在他老子的折磨痛打中長大，極為痛恨他老子，在十歲那年，他發覺自己擁有讀別人心思的能力後，就開始設局害他老子。他時不時偷偷告訴他老子怎麼下注，讓他老子每次都能小小贏一些錢，三個月後，他老子贏到了不少錢，心也大了，於是跟道上的人合夥玩一次大的。

也就是這一次，馬樹就讓他老子輸了個乾乾淨淨，而且還欠下一大筆債，更主要的是，馬樹的老子還讓他的合夥人也輸了很大一筆錢，於是道上的人就把馬樹的老子綁了大石沉了海！

馬樹也在這一次事件後，跟他母親偷偷逃得遠遠的，四海爲家，長大後，就混跡於社會底層中。但馬樹是被折磨和窮困煩擾長大的，所以做事也特別小心。從來他在賭場中或與相熟的人賭錢，都是有輸有贏的，每次輸幾把贏一把，輸多贏少，但每次結尾收場的時候，他總是不多不少贏一點，這樣也就不會引起別人的懷疑。

之所以跟莊之賢搭上鉤，那是馬樹最終還是不想在小敲小打中過日子，因爲跟那些人賭，始終都只能贏小錢，不可能贏多的，而且在賭場中，因爲賭場的監控嚴格，如果發現某一個人始終贏錢，而且贏得多，就會把你列入不受歡迎的黑名單，如果那樣，那就斷了馬樹的財路。

但跟莊之賢勾結上後就不同了，因爲莊之賢接觸的全都是超級有錢的公子哥兒，上層社會的那些人，贏他們的錢很容易，而且金額極爲龐大，那是在賭場中不可能長期能贏到的數字！

贏顧園和華劍星的兩億多，就是莊之賢跟馬樹設下的局，莊之賢跟馬樹的協商是六四分，莊之賢出錢並找獵物，而馬樹就只負責贏錢，莊之賢認爲他出的力更多，所以要多分一成，馬樹也沒反對，心想就是四成的錢，那也是他不能想像的數字了！

莊之賢一開始設局，贏的錢是一兩千萬，後來越來越大，上一次就設局贏了顧園和華劍星兩億七千萬，到現在，他們兩個贏的總數超過了四億，每人分了兩億，暴增的金錢讓馬樹野心狂漲，有了兩億就想要二十億，也許有了二十億後還會再想要兩百億，人心總是不足的。

馬樹出道以來，從來沒有哪一個人能在賭桌上贏過他，但今天，周宣忽然贏了他，讓他有些措手不及，到現在仍然是面紅心跳，耳熱發燙！

就在馬樹發愣失神的這一陣子，顧園把車開了過來，又跟曾國玉兩個人拿槍帶著那些保鏢，把裝滿錢的箱子塞進麵包車中，把十幾個人座的麵包車塞得滿滿的。

莊之賢最是忍受不住，但又沒有辦法，在這樣的場面中，面對著黑洞洞的槍口，再厲害的人也不敢撒野。

把錢一裝完，顧園和華劍星一揮手，招呼著周宣和魏海洪上車，曾國玉在最後上車，上車後火氣未消，把槍口伸出車窗，劈哩啪啦一陣亂打，子彈在牆上打得火星四射，嚇得這二十多個人抱頭伏在地上不敢動彈。

隨著顧園把車開出倉庫，倉庫裏二十多個人大眼瞪小眼的，都是傻了眼。

只有莊之賢怒罵道：「看，看個鳥，還不開車追去？」

人家手裏面有真槍，他們手裏面都是打不響射不出的廢鐵，追上去又有什麼用？

當然，除了莊之賢和馬樹，其他人都沒那麼急。

不管是莊之賢那一邊的打手，還是從曾國玉這邊叛變過來的郭子傑一夥人，他們雖然都是莊之賢用錢買來的，但這個場合，誰也不是瞎子，錢是能買動他們，但面對死亡的時候，那錢還是給擺在了後面，莊之賢再兇，那也還是命重要一些，先保住命再說。

莊之賢心裏很急，這十億港幣，有四億是以前贏下來的，兩個人剛剛分了，又想博一把大的，所以又湊了個整數，腰包先掏空了，剩下的六億，是莊之賢偷偷挪用他們莊家公司的流動資金，這次跟馬樹也是商量好了的，贏的十億港幣，馬樹只能分兩億，剩下的八億歸莊之賢，因為莊之賢出的錢多，馬樹雖然覺得莊之賢太貪，但自己確實也拿不出來那麼多錢，能贏就好。

兩億也不是個小數目了，多贏這兩億，自己一共就有四億的身家，跟莊之賢比起來分得是少了些，但如果沒有跟他聯手，又哪裡能贏到這麼多錢？要是到賭場裏，贏個千兒八百萬的就會被賭場盯上了，想再贏多的錢就很難了，而像顧園、華劍星這樣的公子哥兒就不同

了，輸再多，只要沒被他們抓到出千的實際證據，那就沒問題。

而馬樹也是跟莊之賢早就商量好設局的，一開始跟顧園、華劍星他們賭的時候，馬樹故意裝作贏錢的那一次，都是由他來發牌，這也是專門引起別人的注意，但卻又怎麼也瞧不出破綻來，而顧園這一方也都是以爲馬樹確實出了千，但就是抓不著證據，如果他們請到高手了，說不定就能抓到馬樹的破綻，這就能把錢贏回來了。

馬樹就是要顧園他們有這個信心。因爲誰也想不到他是個能讀別人思想的異能人，所以他也不怕顧園、華劍星請什麼高手來，越是高手越會輸錢，因爲相信自己技術好也就更加會上當。

確實也是，顧園和華劍星幾個人也確實上了這個當，以爲馬樹就是靠手上動作出千的才贏到他們，而周宣也是這樣想的，他相信馬樹就是出千的。

這個想法是對的，但幾方人都沒料到，馬樹是有異能的，就連周宣也沒有想到，這個世界上還真有這種能力。不過回過頭來想一下也就釋然，他自己的異能不是更加奇特嗎？

本來這次，顧園、華劍星、曾國玉是要再倒一次大楣的，但他們運氣好，偏偏就碰上了周宣，如果他們請到的不是周宣，而是另外任何一個人，那這次十億港幣就又會輸出去，也許從此就翻不起身來了。

像他們這種富貴世家子，一世無憂是真的，但想過大富大貴大手大腳的日子，那也是不能出大錯的，否則，犯了家族不能饒恕的大罪過，那一樣也完蛋了。

讓家族中的掌門人對自己失去信任，那也就失去了一切。像這次的事件，如果挪用的這一筆巨額資金不能歸回原位，那明天也就是他們開始倒楣的日子了！

周宣的冰氣異能讓馬樹也摸不著頭腦，他當然不知道周宣的異能來自何處，他只是奇怪，周宣是怎麼知道了他會讀別人心思的能力的！

周宣因爲身有冰氣異能，他的五官感覺都要遠超平常人，而馬樹讀別人的思想也不是憑空讀的，還要通過眼睛，要用眼睛瞧別人的眼光，視線互相對碰後，才能讀到別人的思想。

輸錢的結果是讓馬樹和莊之賢措手不及，因爲他們根本就沒有想過會輸，一心想著分錢的事，哪裡想過會輸錢！

顧園把車開出倉庫後，莊之賢幾乎要發瘋了！

他後面的日子不好過不說，馬樹也傻了眼，因爲莊之賢一倒，那他就只能回到從前的地步，而自己好不容易攢下的身家也在這一次賭局中輸了個乾淨，以後要怎麼辦？

顧園把車開到街上後，曾國玉首先罵了一聲娘。郭子傑的反叛讓他們也被打了個措手不及，要不是周宣膽大，搶了兩個人的槍，偏偏這兩個人的手槍和子彈能射出來打死人，而其他人的恰好都是廢品，他們的好運氣還就回不來了呢！

周宣自然不會說明，這個世界上本就沒有天上能掉餡餅的事，不過，錢能贏回來就好！

曾國玉罵了一聲，隨後又跟華劍星抱在一起，大聲歡呼起來！周宣跟魏海洪相視一笑，只是被錢箱子擠在一起，也活動不了。

顧園把車開到他的一處私人別墅中，這個地方是他的秘密活動處，家裏人和朋友都不知道，所以像莊之賢這些人就更不知道了。

一到別墅中，車一開進車庫，顧園按著遙控器把車庫門關上，然後打開車庫裏的大燈，亮晃晃的，一下車，顧園就跟華劍星、曾國玉三個人又摟又抱，確實興奮不已啊！

這個錢真是來之不易，挪用的公款明天能歸還原位，之前輸的也拿回來了，又贏了一大筆，這個心情又何止是激動啊！

說實話，之前他們三個對周宣的信心還不是很足，在前一次試驗過後，信任的天平還是沒有壓過對馬樹的畏懼。

周宣一上手就被馬樹殺了兩千萬，這讓他們心驚膽顫，又沒有回頭路！但他們擔心歸擔心，第二把周宣就贏了，而且是一把定了整個輸贏，贏是贏了，卻是讓他們受不了！

郭子傑這個天殺的也窩裡反了，好在老天爺站在他們這一邊，如果不是周宣拼了命地搶槍，救了他們，今天這個結果會怎麼樣，那還是他們預料不到的事。

想來還是莊之賢占了上風，他們早有預謀，而且路子都是跟著他們走的，他們失算的就是沒料到周宣能贏，而且周宣又不要命地搶槍，讓他們準備的後路也斷了！萬全的雙保險也就此出了問題，歸根結底，顧園他們和莊之賢一夥人都只會認爲是老天爺的幫忙而已！

顧園和華劍星三個人狂歡了一陣，然後停下來瞧著周宣和魏海洪，又訕訕地笑了笑，結果五個人都是呵呵呵地笑了起來，一切盡在不言中！

笑了一陣，顧園才說道：

「華少，老曾，我們原來輸了三億，今天的純利潤是七億，我們五個人，我提個意見，今天贏錢是靠了小周兄弟，但後面的安全問題，卻是我們自己出了差錯，要不是小周兄弟捨命搶槍，今天的賭局雖然贏了，錢恐怕也是一分都拿不回來。我想，這都是小周兄弟的功勞，這七億，我們三個人加上洪哥，每個人分一億，剩下的三億就歸小周兄弟一個人吧，你們覺得怎麼樣？」

顧園說完，然後用眼睛盯著華劍星和曾國玉。

曾國玉臉紅紅的，說實話，今天的差錯可以說是他一個人的錯，要不是他那一方出了問題，結果也不會像現在這樣尷尬，現在，這七億五個人平分也算說得過去了。

曾國玉想都沒想，連連點了幾個頭，又把眼瞧向了華劍星。

華劍星當然不會有意見，他又不是瞎子，今天的確是周宣一個人的功勞，不管是贏錢，

還是後面的安全，如果沒有周宣，那就沒有這七億的利潤，再加上他們又準備好的十億，加上前面輸的，一共是十三億，那全部都要歸送到莊之賢的口袋中了！

華劍星點了點頭，說道：「分配沒問題，就是再給小周兄弟多一些，我也沒意見，我只是想不明白，小周兄弟，能不能說說馬樹這狗東西是怎麼出千的？我只是覺得奇怪，他肯定是出千了，但我就是瞧不出來！」

華劍星確實想不明白。其實也不光是他一個人，曾國玉和顧園同樣也想不明白，以他們的經驗也不可能想得明白，畢竟那種神乎其神的技能都是電影和傳說中才會有的東西，他們又哪裡真正見到過？

周宣笑了笑，瞧著他們三個人滿是疑惑的眼神，說道：

「其實我發現馬樹的秘密是個偶然，他的本事已經出乎了我的意料之外，你們以後玩玩就好，可千萬別再跟馬樹玩賭局了，再玩下去你們仍然會輸得很慘！」

「那到底是怎麼回事？」華劍星越發難受地問著，心裏已經湧滿了想知道謎底的念頭，周宣無疑是百分之百知道馬樹秘密的人，否則他也不可能贏到馬樹。

「呵呵，我當然會告訴你們，別急！」周宣笑笑回答著：「馬樹並沒有多高多深的賭術，他所擅長的其實是一種能力，這個能力用我們的話來講，就是『特異功能』！」

周宣這個話讓顧園、華劍星、曾國玉、魏海洪四個人都大吃一驚，這完全出乎他們的意料之外！

其實最吃驚的反而是魏海洪，因爲魏海洪是知道周宣真的有些特異能力的，在他心目中，在這個世界上，周宣就是獨一無二的，不可能再有類似的特殊能力的人了，但周宣此刻說出馬樹也是個有特殊能力的人，讓他十分吃驚！

顧園忍不住問道：「小周兄弟，你說馬樹是個有特異功能的人，那他是不是像電影中那樣能變牌，隔空抓物，殺人於無形之中？」

周宣笑笑，微微搖了搖頭，說道：「沒有那麼厲害，那些恐怕也只有電影中才有吧，這個馬樹只是會讀心術！」

「讀心術？」幾個人都是怔了怔，然後華劍星問道：「讀心術？就是能看穿我們所有人的思想的那種能力？」

周宣點了點頭，然後又搖了搖頭：

「顧名思義，馬樹這個讀心術就是一種能讀到別人思想的能力，但也不是隨心所欲，想讀哪個人就能讀到哪個人的思想，這個能力是有限制的，他必須看到那個人的眼睛，兩人的視線對碰過後，他才能讀得到，如果你不看他，或者他沒看到你，那他就讀不到你的思想！」

顧園幾個人都呆了一下，周宣說的，讓他們有點接受不過來，如果周宣說馬樹是用什麼

超快的手法偷換了牌什麼的，他們還更能接受一些，現在說是特異功能，讀心術什麼的，反而不能接受了！

華劍星怔了怔後，又問道：「小周兄弟，你怎麼知道的？是不是你也有特異功能？」

華劍星這個話並不是懷疑周宣有特異能力，而是他不相信馬樹真的會讀心術，所以故意這樣揶揄周宣。當然，是有這麼一點話意，只是因爲他們不相信這個世界上真的有這樣的能力。

今天的事他們都是親眼看在眼裏的，如果不是周宣，他們早輸得什麼都不剩了，這時不知道躲在哪裡，像莊之賢、馬樹現在一樣落魄！

周宣呵呵笑了笑，華劍星、顧園他們的這種想法他早料到了，道：

「我當然沒有這種能力，我只是在賭術上有些研究而已，加上多看多想，這個馬樹如果只是論賭技賭術，那他是很差很差的那一類，我是專門練過賭術的，所以比較敏感。我與馬樹視線一對碰，腦子裏便有一種被人偷窺的那種感覺，在第一盤賭局輸了兩千萬後，我就注意到了。在第二把，我的牌是四個二時，我梭哈了，馬樹就盯著我，就在那個時候，我想像著自己的底牌是一對二加一對四的小牌，馬樹手上肯定是不小的牌，所以在讀到我的這個底牌後，馬上就跟著梭哈了。結果，呵呵，你們也看到了，證明我的想法沒有錯！」

周宣說的這番話是在心裏已經思考了一遍後才說出來的，他沒說自己的底牌是給馬樹設計的，也是一副富爾豪斯，只是比馬樹的小得多，這也合乎周宣明牌的那三張牌，那三張是一對二和一個四，再加兩張暗牌，周宣心裏想著是三個二和一對四，馬樹一讀到這個底牌，心裏就狂喜不已，馬上也將全部的現金梭哈出去。

馬樹也就是吃了這個虧，因爲他心裏也想，在這個世界上，估計也是再沒有他那樣有特殊能力的人了，所以他根本就沒想到周宣已經看出他的能力來了，並且想好了對策，結果就順著周宣的意思上當了！

周宣當然不會向顧園這幾個人說得太露骨，除了說馬樹會讀心術這是真的外，其他的都是假的，這樣的話，顧園他們幾個人也只會懷疑到馬樹，而不會想到他也有特殊能力。

而周宣也不會讓顧園他們幾個人往這方面上去想，瞧著呆怔的幾個人，又淡淡笑道：

「不過，你們也不必太過緊張，像馬樹這樣的人，只怕這世界上再也找不出另外一個來，如果你們以後再跟他相遇，想必他也會擔心你們說出他的底細，不會再贏你們的錢，而且，你已經知道了他的秘密，也不是沒有防他的辦法！」

華劍星顧園幾個人都是一怔，然後又喜道：「有什麼辦法不怕他的讀心術？」

「第一……」周宣笑著伸了一根手指頭說道：「馬樹的這個能力，是要透過眼光來完成的，如果你們不看他的眼睛，就能夠防止，但要說完全不碰到他的視線，還是有點難度；第二，如果與馬樹視線對碰過後，你們馬上要集中注意力，想像著自己的牌面是很小很小

的，想著自己這五張牌是什麼，而馬樹在這個時候讀到的，也就是你們正在想著的牌；第三……」

周宣在說到第三點的時候，停了一下。說實話，就是第二點，一般的普通人跟馬樹對手，還是有很大難度，馬樹的能力不用說，今後的時間越長，他的能力就越強，強到一定的程度時，不是說你在腦子裏想什麼，馬樹就只能看到什麼，他的能力強了，在與你視線對碰的那一瞬間，他就已經把你腦子裏最深最隱秘的東西都看到了，就連你當時想像的假相，也瞞不倒他。

但現在來看，馬樹的這個能力還不是很強，與他的冰氣異能相比，那是天差地遠了，但在周宣看來，馬樹的這個能力還是難能可貴的，因為在現實的世界中，這樣的能力其實就是傳說，如同鬼神的傳說一樣，只是耳聽，絕不會有眼見的！

周宣遲疑了一陣，但見顧園、華劍星、曾國玉幾個人都是眼巴巴望著他，想了想，還是說了出來：「第三，如果你們自己覺得意志力夠強的話，就在自己腦子中構築一道防護牆，如同電腦的防火牆一樣，便能防止馬樹這種能力的入侵，但防護牆跟防毒軟體一樣，遇到普通的病毒當然能防得住，但萬一遇到比防毒軟體還要先進的病毒，那就防不住了。如果你們想絕對不輸，最好的辦法還有一個！」

第一四七章
京城太子爺

周宣的底細他們雖然不明白，但魏海洪對周宣好像比親兄弟還親的樣子，
周宣在他們心裏也就越發地神秘起來。他不僅僅是賭技高超之極，
而且，能跟魏海洪稱兄道弟的，難道周宣也是京城太子爺？

「那是什麼辦法？」顧園三個人一齊問道。

「不賭！」周宣也乾脆地回答了。然後笑道：「只要你不賭，那就如同不上網一樣，不上網，再厲害的病毒也沒辦法入侵啊。呵呵，你們說是不是？」

華劍星搔了搔頭，訕訕地道：「這個辦法嘛……呵呵，像我們這樣的人，呵呵，不是有句古話嗎，人生就是吃喝嫖賭，如果這點愛好都不能有的話，那人生還有什麼意思？」

周宣笑了笑，攤了攤手，沒有再說話，華劍星這些公子哥，生在這樣的富豪家庭中，生活奢侈一向是他們的習慣，要是叫他們像和尚一樣的守清規戒律，這讓他們如何能辦到？

看著滿車的錢箱子，周宣又道：「還有這筆錢的事，我不否認我碰巧出的力多了一點，但大家事先都說好了的，不是我不喜歡錢，既然大家是朋友，不管誰出的力多誰出的力少，要開心都開心，這個錢，我們五個人還是平均分了吧，一人一億四千萬！」

顧園和華劍星、曾國玉三個人又是一呆，尤其是曾國玉，他之前輸的錢在三個人中算是最少的，只有兩千多萬，現在就算他們一人分一億，那他也算是占了大便宜，加上又是在他身上出的紕漏最大，沒讓他少分已經是客氣了。

周宣這樣一說，他覺得很不妥，馬上搖著雙手道：

「小周兄弟，不行不行，你出的力最大，占最大一份也是理所應當的，在你們內地不是要多勞多得嗎，如果不是你，只怕我們連本錢都保不住了，還談什麼贏錢？」

周宣還要推辭，魏海洪這個時候伸手一攔，微微笑道：

「兄弟，我看他們三個也都是誠心誠意的，這錢，你就收下吧。」

魏海洪這樣說了，周宣也不好再推辭。

看得出來，顧園，華劍星，曾國玉三個人也都是同樣想法，並不是做戲，想了想便道：

「你們既然都是這個意思，我再推辭也沒意思，這錢我就收下了。跟洪哥來香港應該也會玩上幾天，這幾天，我想請各位就盡情放鬆一下，這個沒問題吧？」

周宣一個人分了三億，雖然幾乎可以說是他一個人的功勞，但如果沒有顧園這三個人的牽線搭橋，他也遇不到莊之賢和馬樹，雖說世事難料，結果難測，但碰到這個事還是湊巧。

不過，現在的周宣對於金錢，著實沒有什麼欲望了，錢來得太容易了。

華劍星和顧園尚在猶豫，曾國玉卻笑著點頭道：「那行，小周兄弟有這份心，我們就接受了，呵呵，趁這幾天機會，就帶小周兄弟和洪哥好好玩一玩，聯絡聯絡感情吧！」

曾國玉這麼一說，顧園和華劍星當即恍然大悟，本來還想再說什麼的，馬上就閉嘴了，現在的人，尤其是在吃喝上面，那是最容易聯絡感情了。

像周宣和洪哥這樣的人，把關係搞好比什麼都重要，洪哥是什麼身分，他們清楚得很，就拿這件事來說吧，他們拿莊之賢沒辦法，大家都是半斤八兩的，你整不翻我，我整不翻你，但人家魏海洪可就完全不買莊之賢的賬，要是魏海洪通過關係弄個手段，莊之賢可就要

吃大虧了！

周宣的底細他們雖然不明白，但魏海洪對周宣好像比親兄弟還要親的樣子，他們可是看得清楚。周宣在他們心裏也就越發地神秘起來。他不僅僅是賭技高超之極，而且，能跟魏海洪稱兄道弟的，那可不是一般人，難道周宣也是京城太子爺？

華劍星比較直，客氣了一下，馬上又轉了話頭試探道：

「這幾天怎麼玩，呵呵，就由我來安排，小周兄弟硬是要出錢，那我就出力，算是借花獻佛！那個……小周兄弟，你也是京城人？」

周宣搖搖頭，還沒回答，魏海洪就搶先答道：

「呵呵，你們幾個，別試來試去的，我也不瞞你們，我這個兄弟吧，跟我沒什麼區別，要是有什麼事，那只會比我更重要。你們也別打探了，記著我的話就對了。今天還好，那個莊之賢沒惹什麼大事，就衝他對我兄弟的那副表情，我就要給他難堪，但看在他今天輸了一大筆錢的份上，暫時就不跟他計較，但如果再惹到我兄弟頭上，呵呵，這事就別想善了！」

莊之賢是什麼人，顧園他們三個人可都是很明白的，這次拿走了他十億現金，莊之賢會做些什麼出格的事來，也不出奇。

這個傢伙一向是不擇手段做事的，之前設局讓他們輸了兩億多，就能說明這點。不論怎麼樣，他們跟莊之賢這個過節是結定了，有個旗鼓相當的對手，心裏總是不安的。

但現在，他們身後多了魏海洪和周宣這兩個生力軍站在一起，心裏可就安定多了。莊之賢是不敢拿魏海洪怎麼樣的，別說他一個人，就是他們整個莊氏家族，那也不敢得罪魏海洪。除非他們背後站著與魏海洪家族同一級別的高層，與魏家又是對手，那他們才敢與魏海洪為敵。但這個可能性，是微乎其微的。

魏海洪這幾句話一說，顧園、華劍星、曾國玉三個人都是呵呵笑著，陪著笑臉不再扯這個話題。

接下來，顧園和華劍星、曾國玉三個人一商量，然後顧園就對魏海洪和周宣說道：「洪哥，小周兄弟，我們就不站在這兒說了，先到廳裏坐下，其他的事我來安排。」

顧園他們三個人商量的，是安排這些錢的事，顧園和華劍星都是有名的花花公子，家裏有錢，在公在私都跟銀行的往來密切，所以顧園打電話讓銀行的人過來替他們辦理存款手續，像他們這種富豪家族的人或者其他超級富人，銀行是有專人服務的。

在顧園的這棟別墅的客廳裏，五個人聊了一陣子，銀行的人就過來了，隨同一起來的，還有八名運鈔公司的保安，兩輛運鈔車。因為顧園說有二十億的現金，這個數目讓銀行方面也不敢怠慢。

在香港的銀行開戶，是可以虛名實名一齊用的，銀行只注重與客戶訂立的私信和密碼來

進行交易。魏海洪在這邊是有私人帳戶的，直接存進自己的帳戶就可以了，就幫周宣新開了一個帳號戶頭。

銀行的工作人員對周宣這個年輕人很好奇，年紀輕輕的，隨便開個戶就是三億港幣，而且從他的口音來看，顯然是內地人。

最近幾年，內地的富豪人數和身家都是激增，以前香港人很看不起內地人，總覺得有一種地位上的優越感，但這幾年，這種感覺已無形中消失了。

因爲內地的富豪和普通人的身家遠遠不比以前，內地的經濟和社會、人文情況並不比香港差多少，而且內地的富豪們似乎比香港富豪更有魄力。

銀行的工作人員把存款手續都辦好了，戶也開好了，周宣拿的是一張卡。之後，顧園就讓八名保全把錢箱子搬到運鈔車上。

等銀行的人走後，顧園和華劍星三個人才徹底鬆了一口氣。無論如何，這個錢總算安全地回到了他們的帳戶中，沒惹出事來。之前輸的也拿回來了，又平白多了一億的現金，不用再爲難要如何面對家裏的老頭子了。

大家似乎都有點累了，顧園笑了笑，問道：「洪哥，小周兄弟，你們是就在這兒休息呢，還是回酒店？」

顧園這棟別墅裝修豪華，設備頂級，比酒店絲毫不差，所以才這樣一問，如果周宣和魏海洪不反對，就在他這兒住下來也挺方便。

魏海洪搖搖頭道：「還是先回酒店吧，行李還在那邊，你們幾個人也為這次的事費了不少功夫，肯定有收尾的事要做，你們就忙自己的事吧，其他的，明天再說吧。」

顧園想了想，也就不再堅持，從車庫裏開了一輛車出來，與華劍星、曾國玉一齊把魏海洪和周宣送回了酒店。

魏海洪讓周宣早些休息，明天好好遊玩，輕鬆一下。

周宣回到自己的房間，洗了一個澡後，坐到床上。這時候，手機突然響了，看電話顯示，竟然是魏海洪家裏打來的，難道是魏家嫂子要找洪哥？怎麼不直接打給洪哥？

他伸手按了接聽鍵，手機裏傳來的卻是老爺子的聲音。

周宣詫道：「老爺子，您找我有事？」

老爺子知道他跟魏海洪來香港的事，特地打過來，那肯定是有事了。

「小周啊，是這樣的。」老爺子聲音有些笑意，顯然不會是壞消息，「東城分局的傅遠山這次立了大功，升官是肯定的，老二私下裏告訴我，原本是跟你說過的，準備提升傅遠山任副廳長，但現在還有另外一個機會，鄰市有一個警察局長的職位，你考慮一下再回電話給我！」

老爺子說完，就掛了電話。

周宣一怔，老爺子這是告訴他，傅遠山有兩個職位可以選擇，他想拉攏傅遠山，就給他更好的機會，不得不有些感激老爺子起來。想了想，拿起手機給傅遠山撥了個電話。

電話一通，傅遠山的聲音就傳了過來，有些喜悅。

「兄弟，到香港去，也不跟老哥我說一聲，老哥好給你準備一下。」

周宣笑笑道：「老哥，你怎麼知道我到香港了？我好像現在才給你打電話吧？」

「呵呵，你忘了老哥是吃哪碗飯的了？算了，不說這個，你走都走了，說馬後炮有什麼用，再說，你是跟魏三公子一起去的吧，有他在一起，還要我準備什麼呢。呵呵，兄弟，你現在打電話給我有什麼事？」

「老哥，我有件事要告訴你！」周宣笑著把重點說了出來。這事本來早就要告訴傅遠山的，但到香港後被顧園他們一扯，便給忘了，現在才想起來。

「你要高升了，上面有個人硬是要給我一個面子，讓我問一下老哥你，有兩個選擇，一個是京城裏的副廳長，另一個是鄰市的警察局長，這兩個職位，你有意選擇哪一個？」

傅遠山明顯呆了一呆，這次因爲周宣幫他，不僅度過了難關，還因此立了大功，有好的結果是肯定的，但沒想到會比他想像的結果遠遠更加好！

「這個……」

傅遠山遲疑了一陣，一時拿不定主意到底要選擇哪一個，從心底裏來講，他略微傾向於鄰市的警察局長這個位子，俗話說得好，寧爲雞頭，不爲鳳尾，在京城裏，廳級以上的官員跟大海裏的魚一樣多，副廳長對傅遠山來講，職位雖然升了，但掌握的權力倒不如他在東城的時候了。

在東城，怎麼說他也是一個頭，分局裏的大大小小的事都得他說了算，但到了廳裏面，他不過是四個副廳長裏的一個，而且資歷最淺，按照順序，他不過是排在最末尾的一個，說什麼都輪不到他的份，這個局面至少在很長一段時間內都會是這樣。

傅遠山在腦中如電光石火般想了許多，他猶豫的是，如果去了外地，他手中的權力是要大得多，但隔周宣太遠；而在京城中，權力分散得多，但發展的潛力卻要大得多，因爲周宣的能力是擺在那兒的，加上自己的辦事能力，周宣身後站著的又是魏家李家這樣處在權力巔峰上的人物，雖然暫時在京城裏權力小一些，但有周宣在，如果再出些什麼大案子，讓周宣再幫一幫他，成績還不是他的？可如果他到了外地，周宣離得很遠，把他叫來叫去也不方便啊。

想了一陣，傅遠山沉吟著問道：「兄弟，你給我出個主意，你說老哥該選哪一個？」

周宣笑笑道：「老哥，這仕途上的事我可不懂，得你自己拿主意，自己喜歡哪一個就選哪一個吧，你也不用急著告訴我，今晚好好想一想，明天再回答我！」

「那好！」傅遠山爽快應了一聲，然後說道：「兄弟，你也好好休息，明天給你電話！」

掛了電話後，傅遠山很清楚，雖然他跟周宣是這樣回答的，但腦子裏其實早就偏向了其中一個選擇。就從今天的事來說，他所倚靠的就是周宣啊，如果沒有周宣，估計他就得待在目前的位子上還得十年八年的，也許在退休前能升上個副廳長的位子，那已經是他想像中的最高點了！

而現在，他的前程便如同是早上的太陽一樣，正在冉冉上升，副廳長後緊接著就是正廳長，正廳長後就是政務官，而到了部長，年齡的局限又要寬了些，到那時……

傅遠山美美想著這些，到那時，他也許就成了魏家李家那些權力中心的一員，在現有的體制中，官員們都跟讀書時一樣，同學們也是一幫一幫的，這幾個好一點，那幾個又好一點，僅僅憑一個人的力量是無法立足的。

但想歸想，傅遠山最終還是沒有馬上回答周宣，對於以後的路程，傅遠山早已經明白，他離不開周宣了。

周宣掛了電話後，坐在床上練了一陣子冰氣，不知不覺中就睡著了。

第二天早上是魏海洪過來把他叫醒的，魏海洪坐在房間中等他洗臉漱口，周宣剛剛好出來時，他的手機就響了。

魏海洪笑著把桌上的手機遞給周宣。周宣接了手機，對方竟然是顧園！說了幾句話後，魏海洪已經聽得很清楚了，顧園想請他跟周宣到他家中參加一個聚會。

周宣把眼光瞧向魏海洪，魏海洪點點頭，他就對顧園說了聲好，然後掛了電話。

魏海洪笑笑道：「兄弟，我剛剛過來也是想跟你說一聲，上午我公司裏有點生意上的事要忙一下，很枯燥，怕你煩悶，這下正好，顧園請你過去，你就去玩玩吧，開開心，也見識見識這些所謂的上層人的生活！」

周宣怔了怔才說道：「洪哥，你不去啊？你不去，我一個人去玩個什麼勁？」

魏海洪笑道：「兄弟，怎麼，離開我你還怕沒奶吃啊？呵呵，別擔心，玩你的，問你什麼你都說不知道，就把自己說成一個花花公子就得了，其他身分什麼的都別說，顧園心裏明白得很，可是會對你像祖宗一樣供起來的，你只管享受就好了！」

魏海洪拍拍周宣的肩膀，笑了笑然後就出門去了，留下周宣一個人直發愣。

差不多又等了半個小時，顧園親自開車過來接周宣。周宣穿了一身普通的衣服。

上了車後，顧園看著他的衣服愣了愣，然後才問道：「小周兄弟，你就穿這身衣服？不會是捨不得花錢，沒……沒沒……」

剛想說沒錢的話，卻又忽然想起周宣跟魏海洪一樣的身分，人家會缺錢？昨天才剛剛進賬三億的港幣呢，當時周宣對那三億也是蠻不在乎的樣子，顧園可是瞧在眼裏記在心裏的。

這個周宣絕不是沒有錢的人，這樣的人，難道會在乎十萬八萬的花費開銷？顧園愣了愣，隨即呵呵一笑。

在顧園心裏，像周宣這種隨便的穿著，才是真正返樸歸真的做法。通常說，一桶水不響，半桶水響叮噹，穿名牌開超跑車住豪宅的人，不是無知的富二代就是暴發戶，這樣的揮金如土與真正的上層社會人士是不同的。

顧園一邊開著車，一邊笑說道：「小周，這次在我家聚會的，可是有很多名門閨秀啊，你不穿得時髦點，吸引吸引這些美女的眼球和注意力啊？要不……」顧園想了想又道：「要不我帶你到精品店換身衣服，現在還有時間！」

周宣笑笑搖頭道：「不用了，顧少，你別跟我客氣，說實話，我快結婚了，我很愛我女朋友，我不想背叛她！」

「NO！NO NO NO！」顧園伸出右手食指搖了搖，連說了幾句NO，「呵呵，小周，這你可就不懂了，像我們這種人，就是這樣，哪個一生到頭只有一個女人？人生可只有短短數十年，除掉幼年和老年的時間，剩下不到三十年的人生，就是一個男人的黃金年代，你打算把這一生就只交給一個女人？」

周宣笑了笑，微微搖頭，沒有回答他。

顧園又道：「小周，你看看我，還有華少，都是結了婚有子女的人了，還不是照樣花天酒地，老婆不知道嗎？她知道，但裝作不知道，睜隻眼閉隻眼，這就是上層社會的生活！」

周宣還是笑笑，沒有答話，眼光卻瞧向了車窗外，看著繁華的路景，心裏卻想起了傅盈，有了盈盈，這才是他想要的人生，有了盈盈，他就什麼也不想要了！

顧園開的車是法拉利跑車，穿的是亞曼尼，拉風得很。

顧家聚會是在半山的一處數千坪的豪宅。在半山，居住的都是香港最有名氣的富豪們，隨便一棟豪宅都是上千萬過億的，可不是一般的有錢人和暴發戶能企及的，更別說是普通人了！

由於周宣固執的硬是不換衣服，顧園也就不再堅持，心想：或許周宣真的不想出風頭，像他那神秘的身分，又加上超絕的賭技，要找漂亮女人，那還不成堆成堆送上門來？

顧家這次聚會，其實是顧老爺子的九十壽誕，顧園爺爺的生日，來的除了他們一家的親朋好友外，還有香港上層名流以及生意上往來的富商，當然演藝界明星也不在少數，都是第一線的藝人，可不是二三流的小明星。

周宣不知道這些，他也不想瞭解，也是因爲顧園接他過來玩一下，卻沒想到是顧園爺爺

的生日，而且顧園也特地不說這事，心想：爺爺的生日，來的賓客如雲，又有誰會去注意周宣這麼一個普通人？

顧園也相信不會有人認識周宣。他的想法就是把周宣帶來開心玩一玩，見識一下他心儀的美女，如果周宣想找哪個女明星，那他也可以搭搭橋牽牽線，這可是小事一樁。

對普通人來說，明星就像是鏡中花水中月一般夢幻，但對他們這種超級富豪家族中的人來說，明星不過是用錢就能買到的戲子而已！

第一四八章

嬌蠻千金

周宣當然不會跟顧愛琳一般見識，
想來顧園跟這個顧愛琳應該是兄妹的關係吧，不看僧面也要看佛面，
他跟顧家又沒有什麼深仇大恨，這個顧愛琳不過是個嬌蠻千金，
耍耍橫而已，讓讓她好了。

顧家豪宅比周宣想像的還要大得多，更豪華氣派得多！

由於是冬天，偌大的游泳池就成了擺設，三層樓的建築有些英倫風味，這棟別墅有幾十年的歷史了，因為那個年代是在英國的統治之下，所以這些建築的風格不免都有英式建築的影子。

顧園把車停好，拉著周宣從停車場那邊走過來，馬上就有人把顧園叫走了，今天他可是主人，輪不到他瀟灑。

人很多，進進出出的，裏裏外外，賓客、服務生，到處都是人。

顧園只得向周宣擺擺手，苦笑道：「兄弟，你先玩玩，我等會兒再過來，先辦點事。」

周宣擺擺手，微笑著示意他儘管去，別管他。

等顧園走後，周宣自顧自到人群邊上亂晃，但他馬上就被人注意到了，因為來的人，男的西裝革履，女的禮服豔麗，無不是閃光燈一樣；只有周宣，穿著實在是太普通了，別人說鶴立雞群，但他就像一堆黃金裏面的一塊錢硬幣一樣，同樣引人注目！

在這寬大宏偉的豪宅中，除了服務生，其他的男女賓客都是衣著鮮亮，盛裝笑臉。俗話說，人靠衣裝佛靠金裝，周宣身邊的女子們個個明豔動人，但周宣沒有半分感覺，再漂亮，也比不過他心目中的盈盈。這些女人，不過是臉上塗了一層厚厚的粉妝，在這層面具之下，不知道又是怎樣一副虛假面孔，在豪門家族上層社會中，最多的就是虛榮，最缺的就是真誠！

周宣順手從身邊的服務生手捧的盤中端了一杯紅酒，搖了搖，輕輕抿了一小口，很舒服的味道。

正當周宣獨自享受的時候，忽然從身邊急急地走過來一個人，而周宣正好端著酒杯微微轉身，兩人就此撞在了一起！

女子一聲「啊喲」尖叫，周宣手中的一杯紅酒全部灑在了這個女子的胸口上！

周宣一呆，這個女子又惱又羞地盯著他，他感覺有些面熟，但一下子沒想起來是哪一個。女子一身白色禮服，胸口染了大片紅酒，紅色汙了一大團。

周宣手忙腳亂之下，很不好意思，趕緊放下酒杯，拿了桌邊的紙巾，忙亂地道：「對不起對不起，我幫你擦一擦……」

當他手中的紙巾剛剛接觸到那女子的胸口時，那女子眉毛一豎，伸手就是一耳光，邊打邊罵道：「流氓！」

周宣雖然慌亂，但冰氣在身，敏感度可是比常人高得多，這女子猛然揮手的一記耳光，臨到一半時，周宣已自然而然偏頭閃了開去，那女子一下子沒打著。

周宣退了一步，正想發火，但瞧對方胸口一起一伏的樣子，想到對方是個漂亮的女孩

子，自己弄髒了她的衣服，已然讓她出了醜，還要伸手去擦她的胸口，人家如何受得了？不罵你流氓才怪呢！

雖說錯並不在周宣一個人身上，但這種事又怎麼能說得清，他是男人，當然要讓著女人的。

周宣退開了一步後，趕緊說道：「對不起，對不起，我有點慌亂了！」

瞧這個女子俏眉俏眼，又帶點兇狠狠的味道，有些似曾相識的樣子，周宣還在努力回想著，這個女孩子就叫道：

「明月，明月，你給我過來！」

聽她這麼一叫，周宣忽然就想起了她是誰！這個女孩子，就是他跟魏海洪來香港時，在飛機上遇到的跟上官明月一起的那個顧愛琳！

當時在飛機上，周宣就知道這個顧愛琳是一個富家嬌蠻女，是他最不喜歡見到的類型，與上官明月、魏曉晴、魏曉雨姐妹這樣的富家千金卻又不同，這個顧愛琳從來就沒受過任何挫折，從小到大都被捧在手心裏過日子，除了嬌蠻不講理之外，還是嬌蠻不講理。

顧愛琳的驚叫，引來不少人圍觀，不過，除了她跟上官明月兩人外，其他人都不認識周宣，心裏很奇怪。

大家的眼睛都是雪亮的，周宣相貌普普通通的，尤其是衣著更是普通，就連現場服務生們的制服都要比周宣身上的衣服貴一些。

一旁的一些公子少爺們見到漂亮的顧愛琳惱怒地盯著周宣，胸口給汗得紅紅的一大團，又是好笑又是起鬨：

「這傢伙是誰？是從哪裡冒出來的傢伙？怎麼混進來的？……」

上官明月也愣住了，因為現場沒見到魏海洪，顯然周宣是獨自一個人來的，周宣怎麼會到這兒來的？

這裡可不是普通人能來的，就是香港略有名氣的富商都不一定能有資格被邀請，他算什麼？魏海洪或許還有可能，但周宣顯然不可能，但他偏偏出現在這兒，這個人，真讓她奇怪！

上官明月沉吟著，沒想到周宣此刻已經被一幫公子哥兒們圍住了。

顧愛琳是香港上層名媛，是不少公子少爺們追逐的對象，又是今天的主人，此刻被周宣出了醜，大家當然都湧出來出頭了。

當然，如果周宣是一個極有身分、跟他們一樣的人，那大家也會顧及幾分面子，此事自然是不了了之，但周宣顯然是個沒有背景、沒有後臺，大家又不認識的一個人，看他身上的衣著打扮就知道，能來這個地方，沒有一個人會穿得像他這樣普通，按他們的猜測，周宣大概是送酒水或者顧家訂了用品來送貨的下人，可以任意使喚呼喝的，拿這種人出氣爭面子，

讓顧愛琳這個大美女高興，那是十分值得的！

本來周宣倒是真心的道歉，覺得對不起她，但眾人這樣一圍攻，心裏一氣，便淡淡道：

「我又不是故意的。再說，這件事雙方都有責任，酒灑了就灑了，大不了我賠你一件禮服吧，多少錢啊？」

周宣的氣話一出來，立即便有一個油頭粉面的青年男子惱道：

「賠？你賠得起嗎？顧小姐這件禮服至少得三十萬港幣，你拿什麼賠？媽的，拖出去先揍一頓再說！」

上官明月這時倒是清醒了過來，趕緊說道：

「別鬧了，愛琳，今天你可是主人，總不能在顧爺爺壽宴上鬧不愉快吧，這衣服，我來賠！」

圍著的一干公子少爺們頓時一怔，上官明月比顧愛琳可是更受歡迎的對象，身家又好，相貌又比顧愛琳更漂亮，在這宴會上，她可是大家注目的中心人物，這時見她替周宣出頭，讓這些公子少爺們一下搞不明白！

顧愛琳對周宣的了解，也只是從上官明月口中得到一丁點的資訊，只知道周宣住在京城，好像並不是什麼富裕家庭，但上官明月卻很喜歡他。

上官明月雖然沒有明說是為周宣出頭，剛才說的那番話，表面上看好像是勸顧愛琳不要鬧事，但顧愛琳聽起來就不舒服，她跟上官明月的關係很密切，那天在飛機上見到周宣，知道上官明月心中那個暗戀喜歡的人就是周宣後，很是替她不值，在她看來，周宣如何配得上上官明月？

顧愛琳沒理會其他人，對上官明月的話也不理睬，對著周宣惱道：

「你是怎麼進來的？這是你能來的地方嗎？哼哼，明月，醒醒吧，我最瞧不起靠女人吃軟飯的傢伙！」

顧愛琳心裏想的是，周宣定然是拿什麼虛假的表現吸引了上官明月，周宣也定然是瞧中了上官明月的錢，以她對周宣的印象，周宣八成就是個一窮二白的拆白黨。

但她奇怪的是，靠女人吃軟飯的男人，通常都有著一副英俊的外表，以周宣這麼普通的外貌，是怎麼吸引上官明月的？

如果是以前，周宣自然會有些自尊心受損的想法或念頭，但現在，他的心態早已不是以前那個愣頭青了，淡淡笑了笑，伸手在衣袋裏掏出支票，從上衣袋中取出了鋼筆，在臺上刷刷寫了五十萬元的支票，然後撕下來遞到顧愛琳面前，淡淡道：

「這是五十萬人民幣的支票，夠不夠禮服的錢？不夠，我再重開！」

剛剛聽到那個粉面小子提了一下，顧愛琳這身禮服至少是三十萬港幣以上，如今人民幣

的匯率比港幣高，五十萬人民幣差不多可以換港幣六十萬了，如果顧愛琳的禮服是三十萬的價值，那應該就兩倍不止了。

顧愛琳臉一沉，瞄了瞄周宣手中的支票，心裏自然在懷疑這張支票的真實度，她當然不會在乎這一件禮服的錢，但周宣裝模作樣的樣子很是令她不爽，正想著要找個什麼說法讓周宣出醜。

要是在平時，讓幾個人把周宣趕出去就得了，但周宣是她的好朋友上官明月的心上人，何不趁這個機會讓周宣原形畢露，讓上官明月看到周宣的真實面目，讓她清醒過來！

顧愛琳正在這樣想著的時候，剛剛那個替顧愛琳出頭的粉面青年，一伸手便把周宣手中的支票接過去，瞧了瞧，然後刷刷撕成碎片扔了，嘿嘿冷笑道：

「瞧你這一身上下都不值一千塊吧，這張五十萬人民幣的支票，嘿嘿，騙鬼吧，你懂支票是什麼東西吧？」

周宣瞧著他頗為自傲的樣子，淡淡道：「衣服也弄髒了，你們又不相信我的支票，現金嘛，我倒是沒有，說吧，你們想要怎麼樣？」

顧愛琳眼珠子一轉，看到上官明月向她遞眼色阻止的表情，裝作沒看見，對周宣道：

「怎麼樣？也不想怎麼樣，你不就是裝得很有錢的樣子吧，賠不出錢來，你就只有在這兒跪下來向我賠禮道歉，這事我自然就當沒發生過了！」

上官明月在一邊急得直咬唇，顧愛琳的嬌蠻她自然是明白的，如果是別的人，她當然無所謂，但顧愛琳是她好朋友，要真在這個場合把周宣得罪狠了，恐怕還真是個大麻煩！

周宣當然不會跟顧愛琳一般見識，因爲他是顧園帶過來的，想來顧園跟這個顧愛琳應該是兄妹的關係吧，不看僧面也要看佛面，他跟顧家又沒有什麼深仇大恨，這個顧愛琳不過是個嬌蠻千金，耍耍橫而已，讓讓她好了。

「錢呢，我是給了，你愛信不信；你的第二個條件嘛……」周宣淡淡笑道：「俗話說得好，男兒膝下有黃金，上跪天，下跪地，在家跪父母，出門跪師父，嘿嘿，你有什麼值得我跪的？當然囉，如果你們認爲有哪一樣比我強，而我又想學，那我就會跪下來求你！」

周宣這話說得淡然，但隱隱中自然有一種傲氣，上官明月別的不知道，卻知道周宣身分很特殊，是個惹不得的人，再者，周宣救過她，那神秘莫測的身手讓她怎麼也想不明白。

周宣在她心目中就是這樣一個人，一開始看見時，覺得既平凡又普通，放在人群中，就像往大海裏倒了一瓶水，但跟他認識時間一長，就會覺得周宣渾身都是魅力，而且是越來越強，不管是男人和女人，都會有這種感覺。

以她上官明月的漂亮和財富，不僅沒迷住周宣，反而是她被周宣給迷住了，到現在都抽不出來，情不自禁陷了進去！

不過，這也只是上官明月一個人才曉得的秘密，其他人，包括顧愛琳，都沒跟周宣打過

交道，又哪裡知道他的事情。顧愛琳雖然向上官明月東問西問的，上官明月也只跟她坦白了喜歡周宣的事情，並沒有說出周宣是什麼底細。

顧愛琳被周宣說得梗了一下，不過，她可是覺得自己哪一方面都要比他強，這個周宣，有什麼好耍酷的？

因爲自己是女的，他是男的，這個相貌就不比了；論家世，難道自己不比他好？瞧他那寒酸樣兒！自己穿的是名牌衣，提的是幾十萬的名牌包，開的是數百萬的名貴車，揮金如土的生活，有哪一樣他能及得上自己？

顧愛琳正要嘲諷周宣一下，但看周宣淡淡然無所謂的樣子，忽然想到，這傢伙一副有恃無恐的樣子，難道是有很大把握？

他能有什麼把握？顧愛琳稍稍一想，又想到，這傢伙要是跟自己比吃飯喝酒，跑步幹苦力活，自己倒是比不過。

周宣瞧顧愛琳眼珠子打轉的樣子，便明白她肯定是在想給自己難堪，又瞧著四周那一群圍著他，恨不得要他脫光了衣服出一番大醜的公子少爺，微微笑了笑，淡淡道：

「你們都想在美女面前露露臉，顯顯擺，那好，我就給你們這個機會，我來做那個陪襯的。說吧，你們想拿什麼跟我比？」

周宣直接把這些人的念頭說了出來，這些公子少爺們，有哪個不是想在美女面前出出風頭，逞逞威風？不過，這些公子富少通常能炫耀的無非就是錢啦，車啊，離不開吃喝玩樂這些事，真正有內涵的實業家們，反是不會在乎這點虛名。

周宣一說，幾個出面叫嚷的富少就盯著周宣看了一陣，其中一個嘿嘿一笑，說道：

「你有什麼值得炫耀的？瞧你這寒酸樣，要人才沒人才，要錢財沒錢財的，還是滾蛋吧，這個地方可不是你這樣的人能來的，我就搞不懂了，這傢伙是怎麼進來的？」

像這樣的富豪宴會，可是有專門請柬的，而且這裏是半山區，是最有名的富豪區，保安設施也比普通社區要嚴密十倍以上，是沒辦法隨便混進來的。

周宣當然不是混進來的，只是顧園這時不知道到哪裡忙去了，周宣也不想出他的醜，所以沒有向這些人分辯什麼，反正自己也不在乎在這些人面前要面子，這些假面子又有什麼用？他根本就沒有在上官明月和顧愛琳這一幫女孩子面前要面子的想法，隨他們鬧去吧。

顧愛琳瞇著眼睛，瞧著身邊這些替她出頭的人十分得意，但瞧瞧自己胸口這紅色的酒漬，不禁惱怒起來，這可是她花了五十六萬港幣，從義大利剛拿回來的最新款，而且這件還是獨一無二的絕版設計，只此一件，沒想到才剛剛穿出來就被這傢伙弄髒了，要換另一件，可就沒有讓她最出眾的效果了，這讓她如何不氣惱？

「你跪不跪？認不認錯？」

顧愛琳是存心要想讓周宣出洋相，好讓上官明月看清周宣真正的嘴臉。因爲有這個想法，她倒並不急著叫保安過來，把周宣架起來轟出去，再說，自己這件昂貴的禮服給他用酒弄髒了，著實生氣！

周宣淡淡道：「跪字怎麼寫的？不就一件禮服嗎，多少錢我賠，你要無禮取鬧那也由得你，要我跪下來賠禮道歉，這話就當你沒說吧！」

顧愛琳氣得不行，這個周宣實在太無禮了，忍不住揮手一個耳光又打了出去，周宣一伸手便抓住了她的手，往旁邊用力一甩，顧愛琳一個踉蹌，差點摔了一跤！

周宣冷冷道：「顧小姐，事不可一而再，再而三吧？若說賠錢什麼的，那都好說，你想動手打人，我還是奉勸你不要動這個粗，有失你的身分，再說……」

周宣哼了哼又冷笑道：「再說，這件事的責任不只在我身上吧？不過我無所謂，不就一件禮服嗎，我賠給你！你要不相信我的支票，那好，你馬上跟我到銀行，我立刻提現金給你，用你們的話說，幾十萬也就灑灑水啊，有必要這樣子嗎？」

顧愛琳這一下可真氣得夠嗆！

旁邊那些早就躍躍欲試的公子富少也都叫囂起來，其中那個叫得最兇、最早出頭的年輕人跳出來，伸手就來抓周宣的胸口。

周宣閃了一下，躲開他的這一抓，然後又往後一退，但背後有人堵住了他的去路，眼看著前面這個人又抓了過來，周宣瞧著他手指上戴著一顆極大的寶石鑽戒，馬上運起冰氣，將他戒指指環轉化，吞噬出兩道裂縫來，這樣，他手還沒伸到周宣面前，那戒指就叮噹一響，跌落在地上。

那青年啊喲一聲，趕緊縮了手，蹲下身去，低頭在地上找起戒指來。

但戒指接連鑲鑽的包鑲接頭處已經斷裂了，那青年把斷掉的指環撿了起來，臉都綠了！

這一下可是他出了醜。這個鑽戒是他花了四百萬港元買回來的，自己一向把它當成身分象徵炫耀的，在這個圈子中，誰都知道，這是國際最有名氣的珠寶商的產品，是純手工製作的，款式也是獨一無二的。店方聲稱，這個戒指五十年不會變形，這才兩年不到呢，去他媽的五十年不變，讓他面子都丟盡了！

周宣瞧他拿著鑽戒和斷裂的指環發怔的樣子，淡淡道：

「這位公子，你不會戴了一枚假戒指吧？唉，你們這些蠢傢伙，除了揮霍老子祖宗的財產，還能幹些什麼？你這枚戒指的花費應該不下兩百萬吧？告訴你，你上了大當了！這戒指上的鑽石是個廢鑽，別看前面挺大，光澤質地不錯，但背面卻是裂齒的！呵呵，所以包鑲是死鑲，遮蓋了鑽石的缺點。按照廢鑽和鉑金指環包鑲的價值來計算，這個戒指最多值十

萬！」

周宣本來不是喜歡炫耀的一個人，但在這群公子富少包圍中，也不得不炫耀一番，這種人，你得讓他們心服，現在正面對咄咄逼人的顧愛琳和她的衛士呢！

其實這個青年的鑽戒上的鑽石並不是一枚廢鑽，而是質地色澤都極上等的極品鑽，但周宣運用冰氣將鑽石轉化吞噬了一部分，冰氣的能力轉化是可以隨心所欲的，所以那枚鑽石的背部，也就是包鑲裏的那一部分，已經被冰氣轉化吞噬成了不規則的碎裂形，而這個形狀就算拆開後，用最尖端的科技儀器檢測，得到的結果，也只能是鑽石在形成時候受外力而碎了一半的原因，絕不可能是人爲因素。

如果那個青年要跟這間世界品牌的珠寶商分辯交涉的話，那就是麻煩事一大堆，除非這個鑽戒不拆開，拿到珠寶店由他們自己的人拆開，因爲這個包鑲是有標誌和記號的，要修改或者保養，都得由他們公司的技師進行，如果自己隨便拆開了，那珠寶商是不會認賬的。

這一點，周宣是知道的，怎麼說，他也算是國內挺有規模的珠寶商公司的老闆，這點知識他還是明白的！

但周宣當然不會告訴他，現在他要的就是激怒這個傢伙，讓他自己打開包鑲，發現爛鑽，而之後也無法找珠寶公司賠償。

像這樣的大公司，是最講品質和信譽的，如果沒有確切的證據，你再有能耐，也不能把人家怎麼樣，國際大公司可不像普通人，由得他想怎麼捏就怎麼捏！

這個捧了鑽戒的青年，名叫趙家明，是香港趙氏財團的第三代子孫，典型的花花公子，除了吃喝玩樂、裝帥扮酷泡妞之外，基本上就不會別的了，而周宣剛剛這話無疑讓他火冒三丈！

像趙家明這種人，最要的就是面子，周宣的話等於是活生生地把他面子給扯了，更令他難堪的是，這可是在上官明月和顧愛琳這些美女面前啊，如何能忍？

第一四九章

五女拜壽

周宣一興奮，立即把五女賀壽的畫面微縮在口袋裏的面料上，然後一轉化吸收，那幅圖畫就固定在了那塊小面料上。他自己能感覺得到，沒有一丁點誤差，而且，他做的這件事，只一瞬間就完成了。

「小混混，你瞎嚷嚷什麼？」趙家明當即臉紅脖子粗地怒道：「我這……我這……」說了半天也沒說出來，因為手裏捏著斷掉的指環，不管鑽石是不是如周宣所說，是個瑕疵品，但這指環至少是在眾人眼前斷掉了啊，人家懷疑他這戒指是便宜貨，是假貨，他一點辦法都沒有！

「是不是壞鑽，你打開看看不就知道了？」周宣淡淡嘲道：「不敢把你這鑽戒包鑲打開嗎？這樣吧，我就跟你打個賭，如果你打開包鑲，這鑽石是完好的，那我賠給你鑽戒的原價；如果如我說的，是壞了底面的瑕疵品，那就歸你自己負責，也算我說對了吧！」

趙家明脹紅了臉：「你……你……說什麼？我不敢？我有什麼……我有什麼不敢？好……好好，我就跟你賭了，要是我這鑽石是好的，老……老……我就要你賠了錢，再爬著滾出去！」

本來怒極之下，趙家明是想罵稱老子的，但猛然又想起在這麼多的美女面前，要是失態就更沒面子了，這才硬生生地把「老子」兩個字吞進肚子裏！

趙家明一怒，就把手裏捏著的鑽戒放到臺子上，左右瞧了瞧，見一旁的水果盤裏有又尖又小的水果刀，幾步走過去，拿了水果刀，在周宣面前用刀撬起鑽戒來。

這鑽戒包鑲手工做得非常好，本來是不容易弄開的，但周宣就是防備他不容易弄開，所以用冰氣把鑽戒包鑲轉化了一道小裂縫，所以，只要稍稍用一點點力，這個口子就會弄開了。

趙家明用刀尖在鑽石包鑲上才動了兩下，那包鑲一下子就裂開了！

從這一點來看，趙家明心裏就有氣，這顯然是鑽戒的品質問題，因爲花了這麼多錢，以那家公司的名聲和品牌來看，應該是不會有假，鑽石也應該是完好的，但鑽戒的包鑲和指環顯然品質是有問題的，就這一點，趙家明就想直接去找那家珠寶公司理論！

趙家明放下水果刀，瞧了瞧身邊無數雙眼睛都盯著他，哼了哼，然後才把包鑲輕輕掰開，鑽石就完整地露在了裂開的鉑金包鑲皮中，在燈光下閃爍著耀眼的光芒。

周宣自然是心裏有數，不置可否地瞧著趙家明。

趙家明一臉悻悻然的，鑽石的硬度是在地球上所有的物質中最高的，水果刀尖雖然鋒利，但卻傷不到鑽石半分。

趙家明把鑽石輕輕捏住，然後在眾人的注視中掉轉過來，底部朝上，鑽石的另一面，如碎石面一般，沒有半點鑽石應有的規則稜角形狀。

趙家明這些人雖然都不太懂鑽石的構成原理，但接觸的鑽石多，對鑽石的普通常識還是知道的，這個鑽石的另一面，也就是包鑲住的一面，明顯是壞的！

趙家明不禁愕然！身邊的狐朋狗友們，還有顧愛琳和上官明月那些美女，眼裏也儘是懷疑或者驚愕的神色！

這個神色，趙家明懂，並不是懷疑趙家明上當受騙，而是猜測趙家明自己早就明白，不過是買了個便宜貨裝樣子而已！

趙家明怔了片刻，待醒悟過來後，頓時惱羞成怒，這一下可是讓在他最在乎的美女們面前出了洋相！

盛怒之下，趙家明一伸腳踹向周宣，這一切都是他搞出來的，雖然鑽石戒指與他無關，但如果不是他，自己又哪裡會出這個醜？

周宣早就在防備這個傢伙發怒動手動腳，當即一閃身，隨後又退開了一步，不過背後也有人堵住了他的去路，只是閃開了趙家明的出腿，卻是出不去這個圈子。

但周宣就在這個時候，暗中運起了冰氣，把趙家明的褲子、皮帶、上身的西服幾個要緊處，以及裏面穿的襯衣給轉化吸收掉，他上身穿的襯衣只留下了露在頸部以外的位置，從外表看，卻完全看不出來有任何問題。

趙家明惱怒之下，踢不到周宣，讓他怒不可遏，周宣一閃開，他馬上又竄上兩步，又狠狠伸腳朝周宣踢過去，這一腳用力還很大。

但就在他猛力踢出來的時候，忽然腳上被什麼東西一絆，一筋斗就栽倒在地，這一下顯然有些意外。

趙家明想也不想，馬上又爬起身，準備再對周宣出手，但就在爬起身的時候，旁邊四周的人卻是轟然大笑起來。

上官明月和顧愛琳紅了臉轉過一邊，別的人卻是盯著趙家明哈哈大笑，笑得幾乎直不起腰來。趙家明這才低頭瞧著自己，這一瞧之下，頓時自己也是紅了臉不自在！

原來，他的褲子因爲皮帶斷了，褲頭幾處要緊地方也都裂了口，起不到束縛的作用，褲子掉了下去，跌到腳脖子邊，因而絆了他的腳而讓他摔跤！

趙家明又羞又惱，別人笑的不光是他褲子掉了出醜，還因爲除了光光的兩條腿外，屁股上穿的是一條粉紅色的女性內褲！

趙家明把褲子提起來後，一用力，身上的西服卻又從雙肩上破裂脫落，上衣脫了線，臂膀處完全脫開，掉落到地上，裏面的襯衣只剩脖子處有一圈，上身光光地露在眾人眼光中！

幾個女孩子頓時羞惱道：「變態！」

要不是變態的話，又有哪個人會把好端端的襯衣剪掉，只留脖子處那一圈？又有哪個大男人穿條女孩子的內褲？

當然，趙家明的襯衣是周宣做的手腳，但他穿的粉紅內褲卻是他自己的事，周宣只能轉化吸收，卻不能改變別的東西！

趙家明提著褲子，又哪裡會料到上衣也脫落掉，裏面的襯衣竟然就只有脖子處那麼一圈，這是怎麼回事?記得早上自己可是好好穿了襯衣的，再說，這一身服裝可是亞曼尼的，

鑽戒出了問題不說，一身名牌竟然也是次級品，今天的人可真是丟到了家！

趙家明這一刻再沒想到別的了，把周宣的事也忘了一乾二淨，在大廳裏，中央空調十分強，溫度不低，但光身子這個羞勁可就沒辦法了，褲子似乎還在往下墜，他趕緊用力抓了抓，但這一抓，卻是將褲子抓得更裂了，褲子的線頭全部鬆脫，褲子已經變成了沒有縫合的幾片布片，趙家明可是只有一雙手，一雙手是抓不住這麼多片布的！

趙家明的褲子也就在這一刹那，掉落在腳邊，而他手裏提著的就只是兩片布，一手一片，上身光光的，下身除了粉紅色的內褲外，一邊也只剩一片布提著，兩條毛絨絨的大腿也露在了眾人面前！

這個景象真是惹人又驚又笑，一干人笑得眼淚都流了出來，好好的壽宴這時成了笑劇！

趙家明「啊喲」一聲，趕緊拿了布圍著屁股，低了頭往另一邊的小屋子裏竄去，頭也不敢抬！

也因為趙家明的事件一打岔，圍著的公子富少們都忘記了周宣的事，跟著趙家明朝小屋子過去了。

顧愛琳和上官明月等幾個女孩子當然不會跟去了，顧愛琳也是又笑又奇了一陣子，只有上官明月卻是若有所思！

這樣的事，她可是遇見了好幾次，她自己在開車追周宣的時候，一輛幾百萬的跑車，輪胎忽然就從車身上掉落了，再一次是見到吳建國那一夥人個個褲子脫落，樣子跟剛才趙家明的情況幾乎完全一樣，但趙家明更有甚之，連上衣都破爛了，襯衣變態的只剩一丁點。

這個情景在別人看來，只會想到是服裝品質的問題，第二是趙家明自己變態，穿粉紅色的女性內褲和只有脖子一圈的奇怪襯衣，這不是變態又是什麼？

但上官明月忽然驚心了！這幾次奇怪的事情，回想起來，每一次都有周宣在場吧？只是自己追趕周宣的時候，周宣的車在自己十數米以外。

這又讓上官明月發起怔來，這些事就像奇怪的魔術一般，但也太玄了吧？若說與周宣有關，但周宣每一次都與這些事件的人物相隔至少有十米以上，如果是他做的手腳，隔了這麼遠，他又是怎麼辦到的？

如果說不是他，卻每一次都有他在場，就算不在近前，那也相隔不遠！上官明月凝神盯著周宣，越發地發起怔來！

與周宣第一次見面的情形又浮現在她的腦海中來，那一次，周宣神奇般地喝了整整幾十瓶洋酒，就算是水，一個人在那麼短的時間內也不可能承受得了！

周宣，到底是個什麼樣的人？他真會魔術嗎？

上官明月對周宣有了懷疑的心思，當然，這個念頭她是不會告訴別人的，她只是對周宣

越來越好奇，這個不經意間把她的心思抓住了的男人，到底是個什麼樣的人呢？

也許她永遠都不會清楚了，因為周宣沒有打算與她有更深一步的交往。

顧愛琳和幾個女孩子又好笑又好氣地盯著趙家明竄進小房間的門口，好一陣子才醒悟過來，回過身來時，周宣早已不在這了。

周宣趁機走到了大廳外的花園草坪邊上，對那些公子少爺，他沒什麼好感，也不想有什麼來往，更不想與他們打交道，不過溜到草坪上後，一回身就見到了俏臉含嗔的上官明月。

「你是躲我嗎？」上官明月咬著唇低低地問了一聲。

周宣一怔，隨即道：「沒有的事，我幹嘛要躲你？我只是不想跟這些人發生衝突而已！」

「還有！」周宣想了想，隨後又拿出支票簿，寫了一張六十萬元的支票，然後遞給上官明月，說道：「上官小姐，麻煩你把這張支票帶給顧小姐吧，她可能不相信我支票的真實性，如果你給她的話，或許就不同了，算是請你幫我一個忙吧！」

上官明月接了支票，想要說什麼，但卻沒說出來，幫周宣這個忙倒是她應該做的事，畢竟她跟周宣的關係不一般。

上官明月其實是想問周宣那些事的，但總覺得牽涉到周宣的秘密，也不好意思追問，而且就算問了，他也不會回答。如果真是魔術的話，魔術師又怎麼會把秘密告訴給別人？

周宣也沒有想到上官明月會想到這個問題上去，當然，就算是上官明月真正問了他這些事，他也不會承認，也不會回答。

上官明月捏著支票，扭了扭腰，斜睨著周宣，靜了一下才問道：

「你怎麼會來這個地方？你知道這是什麼地方？今天又是什麼事？」

「我當然知道！」周宣點點頭道：「這裡是顧家半山豪宅，不就是顧家老爺子的生日宴會嗎？」

周宣回答了這句話，又想起了顧園，這傢伙把自己帶來，卻又消失了這麼久，要是有他在一起，恐怕就不會出這樣的事了。

「你知道就好，你是來給顧老爺子賀壽的嗎？」上官明月見周宣知道這是哪裡，又是什麼場合，放心了些，只是周宣仍然沒有回答她的問題，沒有說出他是爲什麼來這個地方的。

「賀壽？」周宣一怔，隨即想起來，來到這個地方，如果自己沒有帶禮物就來了，對顧家是很失禮的行爲，雖然是顧園強行把他拉來的，但是禮多人不怪，顧園雖然說不在意，但顧家別的人呢？

沒人知道也就罷了，現在，他可是跟顧家大小姐，顧園的親妹妹顧愛琳發生了直接衝突，又得罪了那幫公子富少，他可不敢保證不會再有人跟他鬧起來，萬一鬧大了，顧家人一問清楚，立馬就知道他不是來賀壽的，這個面子掉得可實在沒意思了！

何況，他跟顧園總算是有一份交情吧，周宣就是這樣一個人，如果是在一起經歷了困難和磨難的朋友，他就會當成真正的朋友來交往，顧園雖然是個富少，但性情跟他還合得來，又加上他是洪哥的朋友，不看僧面看佛面，周宣可不能掉了這個人情面子！

再說，周宣也不是缺什麼的人，只是一開始就沒有準備，現在臨時能送什麼賀禮呢？

「明月姐姐，你跟這個無賴還有什麼好說的？我看他就是一個混吃混喝的無賴！」

周宣和上官明月一轉身，換了一身禮服的顧愛琳又來到了身後，好好的禮服給弄髒了，換了別的衣服出來，心裏仍然不爽快得很，而幫她出頭的趙家明卻是莫明其妙地出了洋相。不過，那傢伙也是混賬，搞得那麼狼狽，既然穿了那麼變態的東西，爲什麼又不弄得牢靠一點？搞到這樣的場面來出了大醜！

上官明月臉一紅，本有心想說點什麼遮掩一下，但早就被顧愛琳套出了心裏話，這時候說什麼也沒有用，她知道顧愛琳瞧不起周宣，怔怔地不知道說什麼好！

周宣淡淡一笑，當即道：「別的什麼也不用說了，我剛剛重新開了一張六十萬的支票托上官小姐給你作爲賠償，今天是顧老爺子的壽辰，我是來賀壽的，如果你想把壽宴搞得一團糟，那就隨你了！」

顧愛琳一怔，隨即露出不信的表情，她家是什麼身分？又豈能邀請這樣的人來？一定是混進來混吃喝撿便宜的，或者是來趁機偷東西的，別說今天是她爺爺的生日壽宴，貴重賀禮不知道有多少，隨便偷一樣，那也能讓普通人生活一輩子的了，就不是壽宴的日子，她們家裏也多的是值錢的玩意兒！

只是這傢伙是怎麼混進來的呢？顧愛琳疑惑地盯著上官明月。

上官明月見顧愛琳疑惑的眼神，當即連連擺手道：「不……不不不是我，不是我帶他……」

只是一說到這兒，上官明月又打住了話頭，這樣直接當面說出來，未免有些太傷周宣的臉面，但她說這話的意思，卻是明顯表露了出來。

周宣不願意上官明月來幫他遮掩，左手在褲袋裏摸著一塊翡翠戒指面料，這是上次在自己城外解石廠拿的一塊原石雕刻後剩下的一點碎料，因爲是極品翡翠，剩下的這點碎面雖然只有兩釐米方圓的體積，但雕刻成戒指的話，依然是要值數百萬以上的高價，如今在國際市場上，一枚上好的極品翡翠戒指，價值已經超過了一千五百萬元的高價！

剛才在大廳裏，周宣瞧見牆壁上有一幅五女拜壽的畫，捏著口袋裏的那塊面料，又仔細回想了想那幅五女拜壽圖的畫面，心裏忽然有了個念頭，以顧家的財力，一般的賀壽禮自然不在他們眼內。

而周宣擁有冰氣後，一直精進迅猛，到現在，冰氣不知道帶來了多少種新能力。於是，

周宣想，冰氣如果能把腦子裏想像的畫面微縮在物件上，做成微雕，這應該是一種很不錯的新能力吧？

周宣一興奮，立即把五女賀壽的畫面微縮在口袋裏的面料上，然後一轉化吸收，那幅圖畫就固定在了那塊小面料上。

他自己能感覺得到，沒有一丁點誤差。這和拿刀等工具雕刻，費神費時，同時要很高深的技術才能雕刻成的偉大作品不同，周宣的冰氣比這世界上任何技術能力都要更特別，而且，他做的這件事，只一瞬間就完成了。

周宣分心做了這件事，在顧愛琳和上官明月看來卻是心虛的樣子。

顧愛琳哼哼著冷笑道：「你來給我爺爺賀壽？恐怕是來偷東西的吧？」

顧愛琳這話一出口，上官明月臉上就變色了，急道：「愛琳，你說什麼呢？周先生不是那樣的人！」

上官明月因爲與顧愛琳關係很好，又因爲她們家與顧家上輩交情也不淺，顧愛琳這話讓上官明月大驚失色，要是周宣被激怒而報復她們顧家，可就讓顧家惹上大麻煩了，作爲顧愛琳最好的朋友，上官明月當然不願意看到這個結果。

也因爲上官明月雖然喜歡周宣，但周宣根本從頭到尾都沒領過她的情，上官明月的美麗和財富對他似乎沒有一丁點的吸引力，所以上官明月並沒有把握讓周宣不生氣，也沒有把握讓周宣不報復人家。

顧愛琳不屑一顧地道：「明月，你醒醒吧，天底下出色的男人一大把，你怎麼就盯上這麼個男人呢？」

周宣瞧著顧愛琳，搖頭淡淡道：「顧小姐，做人像你這樣不給自己留後路，以後會吃大虧的，女孩子嘛，我勸你還是收斂點的好，否則就算嫁人都難嫁！」

「你放屁！」顧愛琳勃然大怒，也顧不得斯文的淑女形象，一叉腰就罵了出來：「本小姐嫁不嫁得出去關你什麼事？哼哼，想追求本小姐的人從香港排到了北京，像你這樣的，那是吃不到葡萄就說葡萄是酸的！」

「呵呵呵！」周宣看見顧愛琳氣急敗壞的樣子，心裏還真舒暢了些，笑了笑轉身不再理她，卻瞧見別墅大廳裏，顧園伸手向他招手，邊走邊說道：

「小周，不好意思啊，在爺爺那邊耽擱了這麼久，不過我爺爺聽說你來了，一定要見見你，這個……小周，就看在我們交情的份上，嘿嘿，跟我爺爺見見面吧？」

周宣這時候心裏有了數，也不推辭，笑笑道：「好啊，我也想著，既然來了，不給老爺子賀賀壽，總是說不過去的！」

顧園伸手攬著周宣，笑嘻嘻地往大門方向走去，走了幾步，另一隻手從衣袋裏掏了個小

錦盒子出來，又偷偷塞進周宣手裏面。

周宣詫道：「你這是幹什麼？」

顧園訕訕的低聲道：「兄弟，實在不好意思，這個東西，就請兄弟見我爺爺面的時候送給他吧，今天主要是我爺爺壽宴，如果他沒見到你那也罷了，但有些意外，我跟爺爺提了你的事，爺爺就一定要請你見見面，這個……呵呵……」

周宣笑了笑，伸手把他的錦盒子推開了，說道：「既然是你爺爺的壽宴，我當然也準備了禮物，這個你就收回去吧，我有！」

顧園的意思，周宣當然明白，顧園的本意是因爲今天是他爺爺的生日壽宴，周宣見他爺爺，有點禮物，面子上好看一些。

顧園見周宣推開了他的禮物，又聽周宣說已經準備了禮物在身上，也就安心了些，攜著周宣往裏面去。

在後面的顧愛琳和上官明月都不禁怔住了！原以爲周宣是混進來的，但此刻顧園拉著周宣進去見他爺爺，顧愛琳才呆住了，這傢伙，竟然不是混進來的，而是她哥哥請來的，而且爺爺還要特別見他，這究竟是怎麼回事？

顧愛琳怔了片刻，見到顧園拉著周宣到了別墅大廳裏，急忙叫道：

「哥，二哥，等我一下！」說完急急追了上去。

第一五〇章

翡翠微雕

顧建剛隨即伸手把旁邊的一副老花鏡拿起來戴在眼睛上，
然後又拿了一個放大鏡，左手拿著那個小翡翠雕刻件，
就著燈光仔細瞧了起來，越瞧臉色越是慎重，表情也越來越沉重。

周宣跟著顧園走到大廳裏，顧園又帶著他上了二樓。

別墅很大，在二樓穿過了好幾道走廊，然後才到了一間大廳，周宣冰氣早探到大廳裏一間小客廳中，有四個人在小聲談著話，其中坐在首位的，是一個鬚髮皆白的老者，從臉面膚色來看，像七十來歲，但從頭髮鬍鬚來看，又像是八九十歲的樣子！

周宣估計這個人就是顧家老一代的掌門人，船王顧建剛了！

在進小客廳前，周宣忽然停下了步子，伸手向顧園道：「顧少，把你那小錦盒子給我！」

顧園一怔，剛剛給他不要，現在卻又要，不過雖然這麼想，還是掏了盒子出來遞給他。

周宣接了小錦盒，打開後，見裏面是一顆至少超過七克拉以上的上品鑽石，笑了笑，把鑽石取出來遞回給顧園，說道：

「顧少，你這個禮物怕是不恰當吧?給你爺爺賀壽送一顆鑽石，是什麼意思?」

顧園捏著鑽石訕訕紅了臉低笑著，確實不恰當，但情急之下也沒有別的東西好代替。

周宣從口袋裏拿了那件微雕翡翠出來，然後放進了錦盒中，蓋上了蓋子。

顧園瞧見是一小塊玉雕模樣的東西，這一瞥眼中，見那玉的成色是不錯，但一塊小玉雕怕也不是很恰當吧?但他當然也不好說什麼，人家是給他爺爺送禮，禮好壞主人家怎麼能說什麼?

到了門口，顧園伸手輕輕敲了敲門，低聲道：「爺爺，周先生來了！」

「快請進！快請進！」

從門裏面傳來蒼老的聲音，周宣冰氣探到是那個坐在首位的老頭子說的話，看來他就是顧園的爺爺了！

顧園推開門，小客廳裏的四個人跟周宣冰氣探測的一樣，三個四十多五十來歲的中年男人，老的是顧園的爺爺顧建剛，三個中年男人，一個是顧建剛的二兒子顧仲懷，另兩個人是顧家生意上的朋友，也都是身家巨億的富豪家族。

顧園趕緊上前介紹道：「爺爺，二叔，宋叔，王叔，這位就是周宣周先生！」

顧建剛今天正好是九十大壽的日子，身板不是很硬朗，但精神還不錯，一聽到孫子顧園介紹，趕緊伸手指著面前的沙發道：

「小周啊，你好你好，請坐請坐，老朽腿上有風濕，老毛病，行走不太方便，不能起身迎接，請你見諒啊！」

周宣笑呵呵地坐到沙發上，禮貌地回答道：「顧老先生請不必多禮，我一個後生小毛頭，顧老先生又何必如此客氣！」

「應該的應該的。」顧建剛擺擺手笑呵呵地說道，旁邊那個王先生和宋先生倒是有些奇怪了，顧建剛何等身分？便是行政區長官來，也得給他三分面子，怎麼對周宣這麼個二十來

歲的年輕人這麼恭謹的樣子？周宣的面貌是東方人，聽口氣是內地人，又不是那些小國家的王公太子，顧建剛是怎麼回事？

他們當然都不知道，在顧建剛心裏，是把周宣當成了太子一般的人物，尤其周宣是跟魏海洪一樣身分的人。

近幾年來，顧家的生意重點幾乎都擺在了與內地的合作中，中國這個世界上人口最多，潛力極大的國家，已經是顧家如今最重要的生意重心所在，顧建剛有意讓子孫與京城的重要人士頻頻接觸，像魏海洪和周宣這樣的人，無疑就是他們目前最需要的人！

坐下後，因爲有姓王的和姓宋的兩個外人在場，所以顧建剛並沒有跟周宣說什麼特別的話。

周宣坐在沙發上，當即把手中握著的那個小錦盒子遞給了顧建剛，微微笑道：

「顧老先生，今天是您老的大日子，我也沒有什麼好禮物，一件小東西，給您老表示一下喜慶的心意！」

「哦，客氣客氣，謝謝，謝謝！」顧建剛是坐在輪椅上的，不能起身，伸手接過了周宣遞給他的小錦盒，不知道周宣會給他什麼禮物，不過他猜想會是飾物或者佛珠一類的物什，給他這樣的老者祝壽，不可能會給金銀首飾吧？

但瞧這個小錦盒子卻是金店中裝首飾的小盒子，顧建剛倒是有些奇怪了，伸手把蓋子打開，一入眼的，是一簾幽幽的綠意，他知道，這是上等的翡翠顏色，以他的身分和財富，這樣的翡翠色澤質地雖然好，對他卻也不算得稀有，但這翡翠上顯然是雕刻了某種圖形，只是翡翠體形太小，比指甲大不了多少，顧建剛老眼看得不太清楚。

但顧建剛卻總覺得，周宣不會送太普通的東西給他，稍稍注目瞧了瞧，忽然一怔，「咦」了一聲，隨即伸手把旁邊的一付老花眼鏡拿起來戴在眼睛上，然後又拿了一個放大鏡，左手拿著那個小翡翠雕刻件，就著燈光仔細瞧了起來，越瞧臉色越是慎重，表情也越來越沉重。

好半晌，顧建剛才嘆息了一聲，放下了放大鏡，然後雙手捧著那個翡翠刻件送回周宣面前，沉沉地說道：

「周先生，你這件禮物太貴重了，我不能收下！」

顧建剛這話，頓時讓宋王兩位先生以及顧建剛的兒子顧仲懷、顧園四個人都呆了呆！

以顧建剛的身分，可說沒幾樣東西能讓他說貴重的，周宣這東西看起來，不過就是一件細小的翡翠雕刻飾件，一個翡翠飾件就算再貴重，也算不了什麼，現在國際賣場上的翡翠物件，以這件的體形大小，最多不會超過兩千萬元。兩千萬對普通人來說，當然是可望而不可及的事，但對顧建剛來說，就像是給小孩子十塊八塊的零花錢一樣的，這樣的東西又怎麼能

讓他說貴重？

周宣笑了笑，婉拒道：「顧老先生，我是做珠寶生意的，這東西對我來說不算什麼，已經送給老先生的禮物，又怎麼能拿回來？呵呵，對顧老先生來說，我收回禮物對您也是不恭敬的行爲，請您就收下吧！顧老先生九十高齡，物有價而人壽無價，顧老先生只要開心，大壽大喜，一件小玉器而已，算不了什麼！」

周宣這話說得極爲自然，語氣並沒有多看重的意思，就這份氣勢，已是讓顧建剛折服！

顧建剛心中明白，這件小玉雕刻件，若只論玉本身的話，雖然是極品老坑玻璃地的質地，但這只是一塊整翡翠切割後剩下的一小片，體形只有丁點大，只論這點的價值，不會超過五百萬，若再雕刻一下，做一件戒指面料，加上指環雕工一起，價值最高也就值兩千萬，這已經是極限了。

但周宣送給顧建剛的這個雕刻物件，初一看，很明顯是個小型的雕刻，但再一細看，就會發覺這細小的翡翠上雕刻的是一系列人物，但太細小，細微處是看不出來的，恰好顧建剛有放大鏡在身側，沒想到這時派上了用場。

顧建剛拿放大鏡一看，就非常吃驚了！

在這件小小的翡翠上，雕刻的是五個古裝女子和五個古裝男子給一個華服老者拜壽的圖像，分明就是五女拜壽的典故，五個女子與五個男子年齡、相貌各異，身材服飾都不相同，五個女子的壽誕禮物也各不相同，其中四個女兒的壽禮都是金銀綢緞，唯獨三女的是一籃子壽桃，禮薄受冷落，四女及其夫婿得意洋洋，三女及窮夫婿寒酸和受窘的樣子都躍然於上，便如是活鮮鮮的人要跳出來，一塊小小的翡翠上，竟能把如此多的人物鮮活的呈現出來，這個雕工幾乎是神乎其神了！

顧建剛財雄勢大，見多識廣，這件玉微雕的價值已遠超過玉本身的價值了，說是一件價值連城的國寶都不爲過，周宣與他素無交情，不過是跟孫子顧園認識而已，這件禮物，的確是太貴重了，拿到別人手中，這也是一份巨額的財富啊！

顧建剛見兒子顧仲懷、孫子顧園以及王先生、宋先生都有些懷疑，當即把手中的玉雕小心地遞了過去。

先接到手中的是顧家老友王先生，他才五十多歲，正當壯年，眼力也比顧建剛要好得多，一拿到手中，憑肉眼便覺得有些特異，怔了怔，隨即向顧建剛要了放大鏡，這才慢慢仔細地看了起來。

這一看，王先生就不禁駭然起來，越看越驚訝，越看越喜愛，到後來，眼裏是羡慕，嘴裏是讚賞。

「這……這件玉雕，應該是微雕吧。」王先生嘆息著道：「生平僅見啊，在這比指甲大不了多少的體積上，竟雕刻出了這麼多的人物和景色，而且人物活靈活現，在放大鏡下才看

得清楚，真是多一分嫌多，減一分嫌少，曠世之作啊。價值連城，寶貝寶貝，奇寶啊！」

王先生這一連串的讚賞，讓旁邊的人都不禁動容，顧建剛的兒子顧仲懷當即把玉雕拿到自己手中，又拿放大鏡看了起來。

這一看，顧仲懷不禁驚道：「這……爸，這是五女拜壽圖！」

顧仲懷在放大鏡下一見這微雕上的景物，馬上叫了起來，在他們家客廳裏就有一幅五女拜壽的畫，那是前幾年，顧仲懷的大哥顧仲年花了四百七十五萬港幣買回來的一件精品，是清代畫家陳大章所作。

顧仲懷本人是個生意頭腦極爲精明的人，對古董文物字畫並不是很瞭解，他對這幅畫熟悉的原因，是每天都在客廳裏見到它，而那幅畫豎長三米，橫則有一米五，畫面上五女及五夫表情活靈活現，神態各異。

因爲這畫天天見到，所以顧仲懷才印象深刻，他拿著放大鏡仔細地瞧著玉微雕，這才發現，微雕上的每一個人物形象以及情景，都跟那幅畫一模一樣，這雕刻的技術，顧仲懷雖然不懂，但卻明白，一個技術高超的雕刻師，不僅雕刻技術要高超，而且要懂畫，繪畫的技術同樣高超，兩者兼具才能雕刻出好的作品來。

而這件玉微雕，這人物情景，都與客廳裏的那幅真畫一模一樣，表示功底絕不會比陳大章稍遜，但陳大章卻絕對做不出來這東西，就算是畫，以這樣細微的面積，陳大章也畫不出來，所以說，這個雕刻師的畫工與陳大章不相上下，但雕刻技術和微雕功底卻是陳大章望塵莫及了！

顧仲懷發怔之際，宋先生和顧園也都先後地把這玉微雕拿到手中觀看了，也均是吃驚不已，尤其是王先生、宋先生和顧建剛這三個人，他們一是財雄勢大，有錢的人在閒暇之餘，通常喜歡買些文物古董，藉以薰陶一下情操，或者說附庸風雅吧。

玩古玩，最講究的是要有錢，其次才能說玩技術，沒有錢，如何能玩古董？這些東西動輒成千百萬的高價，可不是普通人能玩得起的，要是沒錢，你想買也買不起啊！

縱觀古仿微雕師，王先生、宋先生、顧建剛都是在各自的腦中搜尋了一遍，卻也想不到，因爲在他們認識和知道的微雕師中，沒有一個能做得出來這件東西！

尤其是畫中那個主人翁楊繼康一手持冊，一手捋鬚的表情十分生動，但眼睛並沒有看書，而是瞧著面前的三女楊三春及女婿鄒應龍二人，而那手中的書冊上，宋先生拿著放大鏡仔細瞧了一陣，然後念了出來：

「知我者，謂我心憂；不知我者，謂我何求。悠悠蒼天，此何人哉？……」

宋先生念了這幾句，臉上駭然，好一陣子才道：

「這是詩經的句子，下面還有一行行的字句，如真書冊一般，這人物已經十分細微了，能把圖景和人物表情雕刻到微妙微肖已經是驚天之作，卻不曾想到，人物手持的書本上還能

雕刻出字句來，真是神作，神作啊！」

這些字，顧建剛和王先生幾個人都沒注意到，因爲太小，如果不是宋先生拿著放大鏡仔細看，那也不容易認出，要看得清楚仔細，恐怕得再拿一個高倍的放大鏡來才行！

但這已經讓在場的人都嘆爲觀止，幾個人看的時間越長，越覺得周宣這件壽禮的珍貴。

說實在的，周宣並沒料到這塊微雕會引出這麼大的轟動來。對他來說，這次微雕就像睜眼閉眼一樣輕鬆簡單，卻是真沒想到，他隨便趁興之作，卻是做出了一件驚天動地的作品來！

顧建剛呆了一陣，然後才問周宣：

「小周先生，能否告知老朽，這件微雕的師傅是誰麼？」

在顧建剛和其他幾個人看來，做這件微雕的師傅一定是現代人，因爲能做出這麼精微的作品，必須得借助現代的高精技術，以及高倍顯微鏡等高科技的工具才做得出來！

周宣一怔，訕訕地笑了笑，搖搖頭道：「不好意思，做這件微雕的師傅一再叮囑過我，絕不能透露他的姓名和來歷的！」

顧建剛惋惜地嘆了聲：

「這樣啊，那算了，非常人有非常人的性格，不願爲世人所知那也正常，只是像這樣的傳世之作，小周先生就這樣送了給我，那顧某也不敢就這樣接了，這實在太貴重，不曉得小周先生家裏人……可否，可否……」

周宣當即笑道：「顧老先生請放心，我家就是我當家，家人不會說三道四，這件禮物對外人來說，或許有點難得，但對我來說，卻算不得什麼，顧老先生大壽，請安心收下！」

顧建剛一呆，怔了半晌，還是不願意，衝顧仲懷伸伸指頭，然後道：

「仲懷，你給小周先生開一張兩億的支票，算是我給這件微雕的一點點心意，請小周先生無論如何都得收下！」

顧建剛心裏很明白，這件微雕如果拿到拍賣行，在國際買家群中，拍出個三四億一點都不會奇怪，他給兩億港幣，倒是真的不多，關鍵是，他要付了這筆錢，心裏才會安寧一些，畢竟他們顧家與周宣並沒有什麼交情，隨手就拿出這麼貴重的禮物，那確實不得不多想。

如果他們顧家是大官大權的家庭，那顧建剛還會想，是不是給他找個官當，但周宣本就是來自京城的高官家族，自然不會是爲了那個原因，難道是要跟他們顧家借錢？

如果說到借錢，那周宣幹嘛不把這個微雕拿去賣了？如果拍賣的話，至少也能拍到四億的現金，如果運氣好，超過五億也不是不可能的事。

但瞧周宣這個樣子，分明又不像是要跟他們借錢的樣子。顧建剛更是疑惑，所以便提出了讓二兒子開一張兩億的支票來試探周宣。如果周宣接受了，那他們反倒安心了，就當花錢買了這件寶貝。

但周宣微笑地擺了擺手，淡淡道：「顧老先生，今天是您的大壽，說實在的，我跟您沒見過面，只跟顧園顧少有點交情，既然跟他來了這兒，無論如何都得表示一下心意。所以，我這份禮物只是賀禮，沒有任何企圖。如果您老覺得不妥，那我收回這件禮物立馬走人！」

顧建剛又是一怔，他當然不是這個意思，本來他就聽顧園說了，周宣是跟魏海洪一樣，也是京城高層家族，他當即就命令顧園趕緊把周宣請來，準備趁大壽的日子結交一下，這可是與京城方面拉攏與打好關係的大好機會啊。

但讓顧建剛出乎意料的是，周宣這份禮物，實在太貴重了。

不過聽周宣這麼一說，顧建剛猶豫了一下，又馬上斷然道：

「小周先生既然這樣說了，我老顧也就不客氣了，這禮物我就收下了，老二，你拿到裏面放好，顧園，叫人看茶！」

說完，又對周宣不好意思地一笑，道：「實在是不好意思，你這件禮物太貴重了，看得我都忘了叫人上茶，失禮失禮！」

周宣淡淡道：「顧老先生不必客氣，我跟顧少是朋友，朋友之間不必那麼多講究！」

顧園當即笑嘻嘻地跑出去叫傭人上茶。

他心裏也是有些意外，不過喜多過驚，這個周宣，沒想到賭技神奇絕頂之外，隨手給他爺爺送份禮物竟然也這麼珍貴。自己頭天心裏還計較著，要不是他們冒險弄到十億，也賺不到莊之賢的十億，可是最終卻讓周宣一人獨分了三億。卻沒想到，周宣也不是省油的燈，這不，人家隨手送給他們顧家的禮物就不止兩億了。

在場的幾個人這時對周宣又是另外一種看法了。無形中，周宣的地位就高大了起來。

第一五一章

人生無價

這些物件再貴重，那也是死的，也是有價的，
而人生卻是無價的，以他顧建剛的財力物力，
所有的金銀錢財、物質生活，女人，汽車，房子，
這些是要多少有多少，可是又有什麼用？

王先生笑了笑，問道：「周先生，不好意思，我想問一下，你送給顧老的微雕禮物，你手上還有類似的東西嗎？」

周宣心裏一動，當即笑道：「有啊，雖然不多，但還有幾件，不過不在我手上，我在京城有一間古玩店和一間珠寶公司，古玩店在京城的潘家園，像送給顧老的玉雕類似的玩件，我店裏還有幾件，王先生可是想收藏？」

「呵呵……」王先生笑了笑，點點頭回答著：「確實是有這個意思，周先生，不知道你店裏的那幾件，品質工藝比送給顧老的這件玉雕如何？」

周宣笑笑道：「不在這件之下！」

瞧周宣淡然而又沉穩的樣子，王先生心裏也有了譜，周宣說不在這件之下，那一定就是如此了。

誰都會有這種心思，送人的與自己留的，那一定是自己留的更好，但在這場合來說，周宣當然不能當著顧建剛的面說，我留的比送給你這一件好得多，或是送給你的是一件差的！

當然，顧建剛自己是明白的。不過，就算這件是周宣手裏最差的一件，在他看來，那也是天大的禮物了。本來他要顧園把周宣請來，是他們顧家想要結交一番的，卻不曾想到，反倒是周宣先送了他們一份大禮，以後倒是要顧園想法子反送周宣一些厚禮了！

「那這樣吧，周先生，如果你店裏的物件跟顧老這件工藝品質不相上下的話，我願意出最低三億港幣一件的價錢買一些。當然，先看到實物再談詳細價錢，你看如何？」

周宣淡淡道：「隨意隨意，王先生，如果你願意的話，就到京城的潘家園，在我店裏看過實物後再說吧。我十分歡迎，呵呵！」

周宣不卑不亢的態度，讓顧建剛幾個人都爲之心服，這樣貴重的禮物隨手就送了人，面色卻不改分毫，就算他顧建剛自己，也做不到這一點！

周宣笑笑又道：「顧老，祝您壽比南山，福如東海，年年有今日，歲歲有今朝，呵呵，賀禮只不過是一件東西，物有價，人生無價啊！」

顧建剛又是一怔！周宣小小年紀，怎麼會說出這麼感悟人生的話來？這話可不是隨便說的，像周宣剛剛的語氣，可是一種悟透了人生滄桑的語氣啊。

是啊，這些物件再貴重，那也是死的，也是有價的，而人生卻是無價的，以他顧建剛的財力物力，所有的金銀錢財、物質生活，女人，汽車，房子，這些是要多少有多少，可是又有什麼用？

今天是他九十歲的生日，說不好聽的話，人生九十，那已經是幾乎入土的人了，壽命短的早死了，活到六十多七十，算是正常終老，超過八十算是長壽。像他到了九十歲的人，已經是很長壽的了，也只有到他這樣歲數的人才會感覺到，生命才是最貴重的，物質生活再多再好，此刻也買不到哪怕一分半時的生命時間。

這個不用他顧建剛來論證，自古以來，無數帝王都在考慮著這個問題，沒有哪一個帝王不想多活，不想長壽的。秦始皇派五百童男童女遠赴東洋尋找仙山靈藥，夢想長生不老，以他傾國的財力物力依然無法延年益壽，到頭來，長生不老的夢想只不過是鏡中花、水中月一般的傳說罷了！

他顧建剛不過就是有幾個錢，也許還不如魏海洪和周宣這樣的家族有勢力，在這人力無法可施的天命面前，又能如何？

也只有在這個時候，顧建剛才忽然想到，原來他不過只是一個普通人，一個一樣會老死，一個死後同樣帶不走任何東西的普通人！

是啊，他打下的這個龐大的商業帝國，不管再龐大，再雄厚，在這個時候卻無法幫他換到哪怕是多一天的壽命。

如果，只是如果，如果能拿金錢換壽命的話，他寧願把全部的身家拿去換多十年壽命，不不，就算換多五年，那也是好的，就多五年，他也寧願拿所有的身家來換！

周宣瞧著這幾個人，不禁暗暗好笑，隨便一句話便將他們搞得發怔發癡，他才不會去想這些傻瓜問題呢，這個世上是沒有神仙的，想得再多，人總是人，都是要死的，反正都要死，那就不如在生的時候，活得自在活得開心一些，這才是目的。

女傭人端了茶敲門進屋來，在几上擺好了茶後，又弓腰退了出去。

顧建剛想了想，又對顧仲懷道：「老二，你把王老弟、宋老弟請到宴會上去，我跟周先生聊聊就來！」

顧建剛這話是明顯要跟周宣聊私話了。王先生、宋先生都明白，趕緊起身，顧仲懷三個人一起跟周宣拱手示意了一下，然後才離房出去。

顧建剛又把顧園叫出去，吩咐他出門把門關上。顧園也沒有多話，老爺子雖然現在不管家裏大小事，但他依然是一家之主，只要他在世一天，顧家就依然在他的統屬之下。

小客廳裏，就只剩顧建剛和周宣兩個人了。

這時候，周宣才注意了一下顧建剛的面貌。這個老人，雖然九十歲了，鬚髮皆白，但顯然保養得很不錯，皮膚淨滑，即使年歲已高，歲月並沒有在他臉上留下太多的痕跡，但無形中自有一種威凜霸道的氣勢！

顧建剛笑呵呵地道：「小周啊，只是想跟你聊聊天，說說話。呵呵，不介意跟我這個老頭子聊聊吧？」

「當然不介意，顧老，我是一個不喜歡人多熱鬧的人，就這樣坐著聊聊天，挺好的！」周宣微笑著說道，瞧著顧建剛的輪椅，又問道：

「顧老，您這個腿是什麼毛病？」

「老毛病了！」顧建剛搖搖頭，苦笑道：「年輕的時候爲了打下這份家業，在船上經受了太長的時間，風吹水浸的，落下了嚴重的風濕病，以前是颳風下雨就疼，大約在五六年前吧，這腿病風濕就發了，走都不能走了，這幾年都是坐在輪椅上過日子，不方便啊，我老頭子就是喜歡在幽靜的地方走走路，散散步，現在可就……呵呵，無奈啊！」

「風濕？」周宣凝神想了一下，以前還沒治過風濕一類的病人，不知道冰氣能不能治，不過按道理想來，應該是沒有什麼問題吧，風濕再怎樣難治，也不可能厲害過癌症，厲害過老李那一身彈片吧？

只是，這是他還沒接觸過的病種，該怎麼治，能不能治，需要花時間來瞭解一下。當然，治病的話，也還要考慮一下，應不應該治，對自己有沒有好處或者壞處。

周宣雖然不是壞人，但也不會濫好人到隨便遇到什麼人都會幫，這個世界太大，生老病死、悲歡離合的事太多太多，他就是想管想理，也是理不過來管不過來的，而且，即便要管，那也得人家願意。

這個顧建剛，要不要替他治一治呢？

周宣心裏正在這樣考慮著，顧建剛當然不知道他心裏在想什麼。他做夢也想不到，周宣是個能幫他把疾病從此除掉的一個奇人。

見周宣若有所思的表情，顧建剛笑呵呵地道：

「小周，呵呵，不用替我擔心，我老頭子活了這麼長的歲數，已經是老天爺開恩了，人生嘛，就是這樣，不如意事十有八九，我打下這麼一份家業，子孫滿堂，已經很知足了！」

「顧老，您倒是看得很開啊。」周宣笑呵呵地說了一句。

「不看開也不行啊。人嘛，總是要過日子的。」顧建剛嘆道，停了停，又說道：「小周，我把你留下來，是有一件事想跟你商量，這個……」

周宣詫道：「什麼事啊？」

顧建剛還有事要跟他商量，這個周宣倒是想不透了。

顧建剛沉吟了一下，瞧著周宣，心裏有種很奇怪的感覺。這個周宣，看起來也不過就是二十來歲的年紀，也不像是多狡猾、心機深沉的人，但顧建剛就是有一種周宣是跟他同樣閱歷的感覺，在心裏，不知不覺已經把周宣當成自己一樣級別分量的人了。這很有些奇怪。

沉吟了一陣，顧建剛又想到周宣送自己的那份大禮，心裏便有了決定，沉聲說道：

「小周，是這樣的，我們顧家的生意主要是在東南亞一帶，主業是船運，不過最近十幾年來，又投資了餐飲、娛樂、房地產等等，在內地的投資也超過了五十億，從最近十幾年的利潤比例來看，往內地的發展愈來愈重了。」

周宣點點頭，他雖然剛涉入商業圈，但國內的情況他還是明白的，內地這塊大蛋糕，是國內外所有的商人都想分一杯羹的。

顧家在內地投入的五十億，猛一聽是很大的資金，但顧家的主業是船運，總資產超過八百億港幣，這樣一算，五十億的投資其實算不得什麼。

如今，國外的金融風暴，使許多企業倒閉，經濟倒退，在內地投入越大，利潤越高，顧家如果不全力開發內地市場，走下坡路已經是不可避免的了。

顧建剛想說的，就是在內地發展投資的事情，但他明白，自古以來，商家想開闢一個新市場，就得跟官場上的關係打牢靠，別以為錢能通天，得罪了官場高層的人，人家一句話便消滅你了！

這也就是顧建剛特別囑咐兒孫要時刻與官方保持密切往來，別斤斤計較一時得失的原因了。錢，他們顧家賺得夠多了，子孫都夠花上幾輩子了，所以，賺到的錢，最重要就是如何分配，自己拿三分，剩下七成分給替自己賺錢的員工和打通關係的官員，這樣生意才能穩定；如果自己拿七分，只分三分出去，那就失衡了；如果賺十分拿十分，那這錢一拿到手，你的家業恐怕就會崩塌潰散了。

「小周，我是這樣想的！」顧建剛一邊考慮著如何將自己的意思表達清楚，一面又要考慮怎樣說得恰到好處，所以說話就有些慢，但卻不是猶豫。

「我想擴大顧家在內地的投資，但轉移家業的重心，是需要很多詳細的分析和考慮的。之前，我已經讓我的大兒子，也就是顧園的父親顧仲年到京城考查，看看投資什麼項目比較合適。」

顧建剛屏氣凝神，慢慢說著，其實他派他的大兒子顧仲年進京，主要就是爲了打開路子，拉關係做鋪墊。顧建剛特別囑咐兒子，儘量與京城的高層打好關係，但這種關係可也不是說打就能打好的，現在什麼事都得有中間人拉線搭橋，你錢再多，但揮著錢在那些高官面前舞動，人家不會伸手來拿的；要想人家拿錢，你還得考慮怎麼讓他安心，因爲誰都怕自己拿了錢卻留下證據啊。

「如果小周有興趣的話，不妨考慮一下入個股。」顧建剛盯著周宣慢慢說道：「當然，我不是要你投入真金白銀，你只需要掛個名，用你們的話說，就是入個乾股。我聽顧園說了，小周跟魏海洪魏公子也是好兄弟，老顧還想請小周搭個橋，請小周轉告魏公子，讓魏公子也入個乾股。小周，你有什麼想法？」

顧建剛這話明顯是讓周宣撿錢了，但周宣可不是半年前那個普通的打工仔，不是爲了一個月幾千幾百塊薪水而拼命的鄉下人，現在錢財對他來說，不過是銀行存摺上的一串數字而已。

顧建剛的話對他來說，沒有什麼吸引力，而且，這個乾股也不是隨便白給你的，天底下可沒有白吃的午餐，人家投資了，你平白無故拿了股份，你是股東，那公司一旦有麻煩的時候，你就得出頭了。

做生意，工商、稅務、勞資糾紛等等，麻煩事多得很，用錢搞不定的事，就得他這樣的人出面了，顧建剛的意思就是在此。關鍵的是，周宣並不是官場上的人，自己的事要找官場上的關係他都嫌煩，更別提是爲了別人而去拉這些關係了！

而顧老頭給周宣拋出這麼大一份誘惑，最主要還是因爲周宣的這份壽禮！

人家甩甩手，漫不經心就扔了個值幾億的珍寶，就衝這氣度，顧建剛也心服了，有這種氣度的人，也絕不可能是普通人，值得他押這個寶。

而顧建剛準備投入的前期計畫是一百億港幣，他打算用百分之十五的股份來誘取周宣和魏海洪，如果周魏兩人分攤這百分之十五的股份，那每人就約有七點五億價值的股份，減去周宣送給他玉雕的價值，就算三點五億吧，他這份股份也還剩有三億多的價值，這份禮也不算輕了，而魏海洪則是淨拿這麼多的股份。

不過，不必羡慕也不用眼紅，這個世界就是這樣的，每個人的能力大小不同，得到和能承受的也不同，你不可能要求一個農人與一個名校的高材生有相同的經濟價值，當然，這也不是瞧不起或者鄙視農人，只是每個人的存在價值不同。

顧建剛這個錢當然不會白掏，有魏海洪和周宣做後臺，至少公司在很多方面不怕會走冤枉路，這讓他們顧家在以後的發展中所得到的利益，會遠遠超過現在付出的這些。

「顧老，呵呵，這個事，我可不能答應你，實話說吧。」周宣沒想到顧老頭會來這麼一手，確實有些出乎意外，之前，朋友送他一百塊錢，他都會笑出來，但自從得到冰氣異能後，周宣的運氣就大轉特轉了。

顧建剛是有一些把握的，一出手就是十幾億的大手筆，這種氣魄也是他這種身分身家的人才做得出，平常人想都不敢想的事，通常那些貪官污吏受賄有時候拒絕，並不是他不想貪，而是金錢數目不夠吸引他們而已，給一百塊，你不動心，那給一百萬呢？甚至一千萬呢？

像顧建剛隨便一扔就是十五億，還能不動心的，恐怕就不是人了！

但周宣，依然是個普通人，不是神，但他對金錢的誘惑，抵抗力還真的超強，究其原因就是他根本不在乎錢！

別說顧建剛這還只是七億五的乾股，在紐約，傅天來可是給了周宣傅家產業百分之七十的股份，那可是價值一百五十億美金的資產，換算成港幣，高達一千多億啊，可是周宣都沒有心動過，甚至到現在幾乎把這事忘記得一乾二淨，從來沒有半分記起過自己還身擁千億的身家。

而傅盈也從未把這事放在心上，她也是一個性情平淡的人，從來不看重金錢，錢雖然重要，但夠用就好，靠周宣的能力賺的這些錢，也夠她和一家人的開支了，根本不用把自己塞進金錢名利場中。

周宣本就是一個極怕麻煩的人，要他去管理一個世界級的龐大產業，他寧可不賺這個錢。在他的心中，跟傅盈和一家人開心地生活就夠了。有冰氣在身，隨便就能賺上一筆，不用花太多的腦細胞，也不用煩惱太多的事，這樣的日子才是人生。

對於傅盈來說也一樣，她認爲簡單就是福。當初表哥喬尼設下陷阱謀害家人時，傅盈是爲了家人才回去的，如果只是爲了金錢，爲了傅家的產業，她根本就不會回紐約！這樣的人，顧建剛如何能以金錢誘惑到？

而顧建剛也沒有想到，周宣的實際身家產業遠比他們顧家還要龐大，但周宣這個傅家隱形身分的女婿則不爲世人所知，所以，周宣還不算是一個有名氣的人；而像魏海洪這樣的人，因爲身分特殊，是受到保護的，新聞媒體亦封鎖了對他們的報導。

「顧老，我是一個喜歡簡單生活的人，對於金錢，我一直認爲，只要夠用就好！」周宣對顧建剛淡淡微笑著說道：

「我自己賺的錢已經很夠用了，所以我從來不把自己投入到複雜的生活當中。顧老的這個股份，我恐怕是不能接受，不過洪哥那邊，我倒是可以幫你把這個話傳過去，至於他接不接受，我也不能保證。謝謝顧老的好意了！」

顧建剛一怔，看得出來，周宣絕不是嫌這股份的價值少了，而是真的不在乎，這讓他一下子找不出話題來了。

第一五二章

掌上明珠

顧愛琳被爺爺忽然一記耳光打傻了，她完全沒有預料到，
爺爺打小就對她百依百順的，因而父母和叔叔都沒打過她，
在這個家裏，她是這個家的公主，
但爺爺剛才卻為了一個騙子而打了她一記耳光，這怎麼可能？

顧建剛猶豫著的時候，小客廳的門一下子被推開了，隨之踉踉蹌蹌撲進來一個人。

周宣和顧建剛都是一怔，因爲周宣並沒有運用冰氣，所以也沒有察覺到門外有人。

這個撲進來的人，一身粉紅色的禮服，半捲的波浪長髮，臉上薄施脂粉，俏意瑩瑩，正是顧愛琳。瞧她臉上的神情，顯然是躲在門外偷聽，但伏在門上的身子有些用力，再加上這房間的隔音效果實在太好了，她在外面隱隱約約只聽到一點點，忍不住一用力的時候，門便被推開了，一下子跌進了房中。

顧建剛怔了一下，隨即沉聲道：「愛琳，你在幹什麼？真是胡鬧，趕緊出去，我正跟客人談話呢！」

說完，顧建剛又對周宣苦笑道：「周先生，請別見怪，這是我的孫女愛琳，兩個兒子就只有這麼一個女孩兒，從小到大不免嬌寵了些，很是胡鬧！」

顧建剛說這話時，雖是苦笑，但臉上卻是很明顯的溺愛神情，顯然對顧愛琳是寵愛有加的。

顧愛琳大大咧咧地站起身，然後挽著顧建剛的手臂，撒嬌一般地說道：

「爺爺，你在談什麼呢？我聽到是不是要給這個姓周的什麼股份？爺爺，你可別上了這個人的當，他根本就是一個小白臉，專門騙女孩子吃軟飯的，爺爺知道明月吧，明月就是被這個人給騙了！」

周宣沒料到這個顧愛琳嬌蠻到這種程度，嘿嘿笑了一聲，沒有說話，瞧著這爺孫倆。

顧建剛這才真是一呆，然後瞧了瞧周宣和顧愛琳兩個人，搞不清楚是怎麼回事，但顧愛琳的樣子不僅僅像是撒嬌，而是十分認真的樣子。

「你……」顧建剛瞧著周宣淡然的表情，忽然覺得不妥，當即喝道：「瞎胡鬧，你……你給我出去！」

顧愛琳一向嬌蠻出了名的，因爲沒在家族公司裏做事，又是顧家唯一的女孩子，所以全家人都很順著她，特別是顧建剛，對這個孫女從來沒說個不字，一個女孩子嘛，再胡鬧也沒有男孩子那麼離譜，而且顧愛琳雖然嬌蠻，但對爺爺和長輩卻挺有孝心，到哪裡都不會忘記給長輩帶點小禮物，所以顧建剛特別寵愛她。

但現在顧建剛的語氣顯然重了，顧愛琳一呆，爺爺從沒用過這麼重的口氣來跟她說話，而且還是這個她很討厭的周宣引起的，馬上惱道：

「爺爺，你糊塗了吧，這個人是個騙子，明月就受了他的騙，被這個人騙得死心塌地的，爺爺，要是與錢有關的事，一定要小心，千萬別被他騙了！」

顧建剛再也忍不住，揮手一巴掌就打在了顧愛琳臉上，「啪」的一聲脆響，惱道：

「滾，真是家門不幸啊，我寵著寵著，怎麼就寵出這麼個東西來！」

顧愛琳被爺爺忽然一記耳光都打傻了，因爲她完全沒有預料到，爺爺打小就對她百依百

順的，因而父母和叔叔都沒打過她，在這個家裏，她是一個寶，是這個家的公主，但爺爺剛才卻為了一個騙子而打了她一記耳光，這怎麼可能？

顧愛琳愣著，也忘記了哭鬧，捂著臉好半晌才明白過來，然後才「哇」的一聲大哭起來，站直了身子跺腳哭鬧道：

「爺爺，你……你……你打我？」

周宣淡淡一搖頭，這個顧愛琳，已被寵得不像樣了，難道有錢人家的女孩子都這個樣子？但他馬上就反駁了自己的念頭，他的盈盈也是有錢人家的孩子，可不是像這個顧愛琳一樣的人！

顧建剛氣得直哆嗦，伸手指著顧愛琳惱道：「你……你……真是欠缺管教，滾滾，給我滾出去！」

顧愛琳見爺爺動了真怒，連她的話也不想再聽，又氣又惱地捂著臉出門，嗚嗚哭泣的聲音也隨著漸漸遠去。

顧建剛給顧愛琳打岔鬧了這麼一下，剛剛的事也忘了個乾淨，興致也低了，尷尬地對周宣道：「周先生，實在不好意思，我家這個丫頭缺乏管教，得罪的地方，請小周先生多多諒解！」

周宣淡淡道：「顧老不用多說，這種小兒女的事也沒什麼好說的，我自然也不會放在心上，說實在的，我到現在還沒搞清楚我是哪裡得罪了顧小姐，記得第一次見到顧小姐，還是前幾天在來香港的飛機上吧，我跟洪哥一起，顧小姐跟上官明月一起，第一次見面，連話也沒說到三句，我倒真不明白……」

難道是……周宣猛然想起之前在客廳裏撞到顧愛琳，酒杯裏的紅酒灑到她身上，弄髒她的禮服，難道是因為這個？

周宣對顧建剛說了這件事，顧建剛一聽，馬上就否定了周宣的猜測，搖搖頭道：「不會是這個原因，小周先生，我這個孫女其實只是嬌寵了些，心地並不壞，你撒了她一身酒，她惱怒是有的，但絕不會說你是騙子，這個……」

沉吟了一下，隨即又道：「我想，可能是這個原因，我這孫女與上官家的明月從小交好，但我聽說上官明月心高氣傲，從沒談過感情上的事，一般的男人入不了她的眼，如果上官明月喜歡上了小周先生的話，我猜就是這件事上面出了問題。我這孫女跟明月就像親姐妹一樣，如果上官明月有了喜歡的人，愛琳一定會百般挑剔的，或許就是第一印象對小周先生不滿意，因而覺得是周先生欺騙了明月的感情吧！」

顧建剛略一思索，做了以上推測。

周宣一想，也覺得很可能是這麼回事，那天在飛機上，顧愛琳不是就老說自己的不是

嗎？還說上官明月怎麼就那個眼力，原來是這樣！

周宣笑笑搖頭，道：「顧老，我可是過了小兒女撒嬌發夢的年代，就別爲這些事煩惱傷神了，今天是顧老的生日壽辰，開心點。顧小姐只是小女孩的心思，爲朋友著想，心倒是好的，我不會把這事放在心上！」

顧建剛大喜，笑道：「那就好，那就好，小周，我老頭子代我孫女向你賠個罪，老頭子癡長你一點年歲，想法倒是不如小老弟你了。呵呵，不談這個不談這個，今天是我老頭子的九十歲生日，我叫人先擺一桌酒菜進來，就我跟小老弟喝喝酒聊聊天，今日與小老弟一見如故，呵呵，我們就來個不醉不休吧！」

「這個……」周宣見顧老頭興致勃勃的，心想：反正也沒別的事，顧園帶他過來不就是讓他吃吃喝喝嗎？這下倒好，他們顧家的大家長出面請他，這頓酒喝得！

顧建剛按了按桌上的一個小按鈕，不到十秒鐘，便進來一個女傭人，顧建剛擺擺手，吩咐她讓廚房弄一桌上好的菜肴過來，並讓傭人到酒庫拿了他的珍藏送到小客廳。

周宣不知道顧建剛珍藏的是什麼酒，對於酒，他所知不多，雖然現在有了錢，但骨子裏的見識卻仍然和以前那個鄉下人差不多，若說對酒的瞭解，好酒名酒，他喝的次數並不多，前幾次雖然喝了不少，但那都是運用冰氣做的手腳，酒消耗了不少，但連酒的味道都沒嘗到。

要說真的瞭解，只有鄉下那種兩塊錢一斤的包穀土酒，打小就喝了不少，味道有點苦澀。

女傭人再進來的時候，手裏抱著一個精緻的漂亮紙盒，放到桌上後，打開紙盒，從紙盒裏取出了一瓶黑色的瓷瓶，酒未開瓶，僅這包裝便已可看出不俗來。

紙盒子上有茅臺兩個字，周宣當然認得這兩個字，茅臺酒是好酒，但也不是他消費不起的東西，他在心裏估計著，這酒既然是顧老頭的珍藏，想必也不會太便宜吧，幾千還是過萬？

顧建剛揮手讓那女傭人去讓廚房送菜過來，自己接過了瓷瓶，從桌上拿了小水果刀，然後從瓷瓶上的封口處輕輕削除掉膠泥封，當把蓋子輕輕揭開後，一股難以形容的香味就在房間中瀰漫開來。

「好香！」周宣忍不住讚了一聲，未嘗酒，先聞香，就憑這個香味，周宣就知道這絕對是好東西，絕對要比他之前在酒店或者夜總會中跟李爲喝過的那些酒都要好，之前他見過最貴的酒，應該就是在娛樂城中被他轉化掉的那些軒尼詩洋酒吧，但那些不過也就是一萬幾千的價錢，對顧老頭來說，遍地都是，算不得珍藏吧？

果然，顧建剛在打開蓋子後，把桌上的一套酒具拉過來，取了兩隻小杯子，這杯子也是

窯製的，周宣一看到這些東西，禁不住運起冰氣測了一下。

這些酒具果然不是普通的東西，顧建剛手中的那瓶茅臺酒瓶子，是四十四年的清州窯，而桌上的小酒杯更出奇，竟然是景德鎮的官窯製，有一百七十年之久，瞧盤中的小瓷杯有八支，呵呵，就這一盤子酒杯，那也值不少錢了！

顧建剛捧著瓷瓶，小心地往酒杯裏倒了大半杯，然後再倒了一杯，其實這杯子很小，一杯不足五錢，而他手中那瓷瓶的大小，看起來裏面的酒量不會超過三斤。

顧建剛因爲腿腳不便，倒了酒後對周宣微微一笑，說道：「小周，試一試，看看這酒怎麼樣？」

周宣也不客氣，伸手端了一杯，遞到嘴邊，先是聞了聞那香味，笑笑道：「顧老，說實話，我對酒是不懂的，但這酒味道真是香啊，聞聞這香味就很舒服！」

「呵呵，那當然了，我這酒啊，可是有四十一年的酒齡了，是我去年在香港拍賣會上拍回來的，一共有三支，其中一支是三十一年，一支是二十一年！」顧建剛笑呵呵地說著，臉上禁不住洋溢著一絲得意，「小周，你倒是猜猜看，我這三瓶酒，每支的價格是多少？」

瞧著顧老頭臉上那一絲得色，周宣微微一笑，這老頭也是，身家如此龐大，但老來卻醉心於這些事，看來有些返老還童了，老頭子拍了三支酒回來，又聽他說過，剛剛倒的這一瓶是四十一年的酒齡，看來拿的是最好的一瓶了。

他笑笑道：「顧老，我對酒真的不懂，要我猜，那就猜猜吧，先猜那二十一年的吧！」

周宣瞧了瞧顧建剛，沉吟了一下，然後說道：「顧老，如果讓我隨便猜的話，按我以前的想法，呵呵，二十一年的我會猜一萬八，三十一年的我會猜三萬八，四十一年的我會猜六萬八！」

顧建剛笑笑，攤攤手道：「你說了嘛，那是你以前的想法，那現在的呢？又有什麼不同？」

周宣呵呵一笑。說實在的，按他的想法，一瓶酒灌下肚，最終還是會變成尿流出來，要花幾萬塊去買一瓶酒，他絕不會幹。前幾天他恰好在一個電視節目上見到拍賣五糧液，一瓶三十一年的五糧液竟拍到了七十九萬，而這個買家前幾年還拍了幾瓶，有三十幾萬的，最高的一瓶是一百二十六萬！

周宣還在詫異，就一瓶酒竟然可以拍到這麼高的價錢，又不是古董，不過是一瓶酒而已，但就因爲這個經驗，所以周宣並不覺得這幾瓶茅臺會便宜。

「現在呢，我會估計二十一年的茅臺要三十八萬，三十一年的六十八萬，四十一年的一百零八萬吧？」周宣思考了一下，然後回答顧建剛道。

顧建剛怔了一下，沒料到周宣頭先的估價與現在的估價差別會這麼大，笑問道：「小周，我倒是奇怪，你頭先猜的價錢，爲什麼與第二次說的差別會這麼大？」

「顧老，呵呵，我也不瞞你，我是占了便宜的！」周宣笑笑回答著，「我是真的不懂酒，也不怕顧老笑話，要是讓我花上十萬八萬的去買酒，我一定不肯。前些日子，我在電視上的節目中看到三十年的五糧液拍賣，買家花了七十九萬才買下來，顧老現在的茅臺我也是按這個估計的！」

「哦！」顧建剛點點頭，周宣沒有不懂裝懂，也沒有跟他做作，這倒是更加贏得了他的喜歡，這個年輕人真誠而且大氣，身上穿的是很便宜的衣服，卻沒有自卑感，一出手就送給他價值幾億的玉雕，卻又沒有豪門世家那種胡作非爲、揮金如土的紈褲之氣，而自己送給他七八億的股份，更是毫不猶豫地拒絕了，顯示了對金錢的抵抗力，這些都讓顧老頭越來越喜歡他。

「小周老弟，你猜測的與實際價錢相差不大。」顧建剛欣然說道：「那瓶二十一年的茅臺，我花了二十六萬，三十一年的卻花了七十二萬，而這瓶四十一年的茅臺，呵呵，可是花了我一百三十六萬！」

在周宣詫異的表情中，顧建剛又笑笑道：

「酒這個東西啊，有好有壞，喝得適量，對身體有益，但喝過頭，酒醉壞事的事情也很多。這就跟一個偉人一樣，功過都有，是非自有定論。酒有幾千年的文化歷史，說起來，酒還是一種保健飲料，能活血通經，促進血液循環，祛風濕，而酒的儲藏不同別的物類，一般的東西，時間越長，受腐蝕變質越快，而酒卻不同，儲藏的時間越長，卻是越醇越香，當然，這也有些必須的條件。」

周宣雖然不懂酒，但他對每一種不懂的東西都有興趣，顧老頭說的酒文化，他同樣聽得津津有味。

「在酒裏放一些秘傳的東西，再以酒缸密封起來，最後放入酒窖中封藏，時間越長，酒的品質就越好，相對的價值就越高。」顧建剛嘆著道：「酒儲存的時間哪怕只多一年半年，價值也不同，四十年比三十年的價值可不會以僅僅多十年的價值來算，而是以成倍的價值來算了，所以我這瓶四十一年的茅臺就花了比三十一年的茅臺高得多的金額。呵呵，說了這麼多，快來試試酒！」

顧建剛說了半天，這才記起酒倒進杯子好一會兒了，趕緊請周宣飲酒。

杯子很小，周宣在鄉下喝酒，都是用大玻璃杯，一杯就能裝半斤，更多的卻是用碗，鄉下的包穀酒因爲便宜，想喝多少就有多少，但有後勁，只是現在的包穀酒遠不如周宣小時候的那麼醇了，兌水厲害，味道也有些苦。

顧老頭做了請的姿勢後，周宣把小杯子端到嘴邊，鼻中立刻聞到的是一種醉人的香味，心想：這酒就算不喝，光聞這香味就不錯，似乎只聞這香味就有些醉意了！

在嘴邊聞了一陣子，周宣把酒一口倒進了嘴裏，酒杯太小，周宣也沒有打算分幾次喝的

意思，酒一入口，便覺得一縷醇厚的味道在舌底，然後沿著味覺一直竄入腦中，接著，酥軟了全身的神經，似乎有一種飄飄然的感覺！

這種感覺，讓周宣一下子想起了兩個字：神仙！

難怪吸毒的人不能抵擋毒品的誘惑，酒當然是不能跟毒品相提並論的，但周宣覺得有一點是差不多的，那就是都是麻醉神經，只是程度和危害性有差別而已。

一百三十六萬啊，就這麼一瓶，也許周宣剛剛喝的這麼一小口，就能讓一戶普通人家過上一年的日子！

錢多，確實是不同，就這麼一小口，周宣便感覺到了酒的誘惑，也沒有拒絕顧老頭的再次添酒。

顧建剛一邊倒酒，一邊又解說道：

「這酒從製成到儲藏，甚至到飲酒，都是有講究的，酒是五穀釀成，五穀是靠地生成的，地是什麼？地就是土啊，五穀豐生，五穀離不開土，所以酒的儲藏也離不開土，而盛酒的缸也都是用精選的泥燒製而成，在地窖中儲藏時，也有很多講究。酒藏的時間越長，吸收的地氣越濃，酒也就越醇越香。杯子呢，最好也要選用精泥燒製的器具，不要用玻璃的，或者金屬器具，這樣會走味，會流失酒的醇度！」

周宣聽得有趣，喝酒也有這麼多講究，可真是沒想到，也沒想過，這跟他進入古玩一行差不多，以前哪裡會想到，一個看起來普通之極的東西，說不定就值個成百上千萬的價錢！

又一杯下肚，周宣渾身發熱，這四十多年的酒醇起了作用。

周宣擦了擦額頭的微汗，又瞧到顧建剛吃力地坐在輪椅上，扭著身子抱著瓶子倒酒，便說道：「顧老，我略懂點醫術，我幫你治治腿吧，瞧你有些不舒服的樣子！」

顧建剛一邊倒酒，一邊呵呵笑著：

「小周老弟，你還能治病？呵呵，平時我不喝酒，因為這副老骨頭經受不住了，兒子孫子也管得厲害，不過，我可是跟他們說好了，今天是我九十歲壽日，能活到這把年紀，算是已經夠了，誰也不知道還有沒有明天，也許哪天，我就是一具冷冰冰的屍體了，呵呵，所以啊，今天這酒是得喝的，來來，小老弟！」

周宣很喜歡顧建剛這種看得開和爽直的性格，也舉杯跟他碰杯對飲，一來，是這四十一年的茅臺喝在嘴裏，實在是很舒服的感覺；二來，這酒這麼貴，浪費了也可惜，這一次可不是像前幾次喝酒，那都是跟對頭在鬥，容不得他有個閃失。

現在，周宣是完全放鬆的心態，在顧建剛這兒，沒有對手敵人，也不用跟人爭權奪利，加上酒又好喝，周宣幾杯酒下肚，全身就暈飄飄起來。

周宣完全沒有運用冰氣，也不想用，喝這麼貴這麼好的酒，那就得實際的身心感受！

對顧老頭的好感也油然而生，周宣再喝了一杯酒，把酒杯放在桌上，對顧建剛擺擺手道：

「顧老，我從小跟一個道士學過內氣修練，懂得一些土方醫術，雖上不得臺面，但對有一些病症還是很有效用，你這個風濕，我先看看瞧瞧……」

「那你就瞧瞧吧。」

顧建剛倒是比周宣清醒得多，雖然年齡大，身體不是很好，但他顧家有這個條件，吃的用的一切都是最好的，平時也保養得很好，酒量也比周宣大得多，而周宣是根本就沒什麼酒量的。

顧建剛笑呵呵伸出手，瞧周宣有些醉意的表情，也不反對，心想：就趁他的興，這個年輕人，跟他很談得來，看來大兒子進京城的行程，倒不一定好過他這次跟周宣的巧遇，老將出馬，還真的一個頂三個！

周宣伸出了兩根左手指，輕輕搭在顧建剛的右手腕的脈門上，看似是在把脈，實際上卻是運起了冰氣，直逼入顧老頭的身體中。

顧建剛當然不知道，還以為周宣是做個樣子給他搭搭脈，聽他說點常見的醫理罷了。

顧建剛的身體消耗嚴重，當然，這主要是因為他的歲數太大，一般人哪能活到這個歲數？身體各部位的零件都差不多已經到了盡頭，有的地方甚至完全沒有了作用，所靠的不過是藥材功效撐住而已，就這個樣子，周宣估計，顧建剛的壽命最多也就在一到三年以內！

就拿顧建剛腿上的風濕來說吧，如果在年輕人身上，其實也不算什麼，頂多是疼痛一下，並不算大病，但顧建剛年紀太大，身體已經不能承受，免疫能力嚴重消退，數十年沉積下來便成了頑症，到幾年前，一雙腿便不能行動了。

由於運動量少，退化的時間又太長，顧建剛的腿已經萎縮了，甚至有一部分像樹幹斷了營養水份，死掉了一般，老乾柴似的。

周宣的冰氣到處，顧建剛身上的症狀便清晰地在腦子中顯現，老頭的身體很不好，尤其是一雙腿最爲嚴重，只是靠錢買來的最好的藥材才勉強頂住。

周宣以前還沒有遇到過這樣的症狀，不論是槍傷、癌症、跌傷斷骨，他都有辦法，就是沒見過顧建剛這種風濕引發的癱症，不過老化的身體卻是跟老李、魏老爺子差不多。

周宣也沒多想，運起冰氣先給顧老頭把身體機能恢復了一番，顧建剛不知道，就這麼一會兒，他的身體至少回復到了十幾二十年前的地步，就算腿腳風濕治不好，但他的壽命，至少能安穩地多活十年。

周宣把顧老頭的身體機能激發恢復了五六成，然後再把冰氣運到他的一雙腿上，風濕寒氣是少年時便積攢而來的，並不是一朝一夕就忽然患上的，這可跟感冒不同，說來就來。

但也就是因爲如此，六七十年的積攢，風濕頑症已經深入他的骨髓之中，已經跟他的腿

骨交織成一起，如同一塊糯米糕沾了滿身的芝麻，然後再揉上一揉，又如何能再把糯米糕和芝麻分離開來？

周宣冰氣到處，顧建剛的老腿骨基本上是連造血功能都嚴重退化，骨髓乾涸，不起什麼作用了，而且這風濕症並不像癌細胞，白血球，所以周宣並不能察覺到它的存在，但又明顯感覺得到，顧老頭的腿就是爲它損傷。

周宣一時感覺有些無從下手，心想：不管這風濕，先把老化的骨髓恢復好再說，把這些看得見、做得到的先治好。

冰氣的恢復能力那是不用說的，顧老頭正笑說著準備叫周宣不必再瞧了，忽然感覺到一雙腿腿骨裏發癢，先是如一隻螞蟻在腿骨裏爬動，然後漸漸越來越多，到後來，幾乎是一群一群的螞蟻在腿骨裏爬動啃咬一般，那種搔癢難受的感覺，就如同隔著靴子抓癢一般，根本沒有感覺，偏偏又癢得難受。

顧建剛臉上詫異之極，伸手在腿上抓了抓，但卻是沒有感覺，恨不得把腿上的肉撕掉，扒出腿骨來狠抓一番！

周宣瞧著顧建剛那難受的表情，便說道：「顧老，這是骨髓在生精活血，你忍耐一下，別動！」

顧建剛一怔，隨即詫然：難道這個年輕人真的幫自己治好了？奇怪，他不就只是用兩根手指搭在自己脈門上嗎，這樣就能給自己治病了？

他奇怪得很，也覺得十分不可思議，如今科技如此發達，連醫院都沒有辦法把自己的病情治好，因爲他歲數已高，這個病用藥物已經不能恢復了，這個傢伙，不打針不吃藥，就用手指搭搭脈就能治了？

確實難以相信，但顧建剛又不得不信，因爲腿是他自己的，腿上的感受可不是假的，而那麻癢的感覺也越來越強烈！

麻癢的時間持續了五六分鐘，顧建剛看著周宣滿臉是汗的樣子，心裏更是驚訝，難道這真如他所說，是他練的內家功夫，如同電視中演的那樣，以內功在給他療傷治病？

太不可思議了，一向以來，顧建剛對這種事都是不相信的，認爲只不過是電影電視虛構的故事而已，現實中，不可能有這樣的事的。

麻癢一結束，周宣冰氣已經把顧建剛腿骨中的骨髓激發到正常時的七成水準，一下子要恢復到百分之百還是有難度的，畢竟顧老頭太老了，他身上的機能已不能跟年輕人相比，又因爲一雙腿長期癱瘓，筋脈骨肉都已經嚴重萎縮，能恢復到七成水準，那也還是周宣冰氣奇異的能力！

顧建剛幸運的是，周宣因爲喝了酒，這個四十一年的茅臺酒確實是好東西，也幫了顧建剛的大忙，否則周宣在腦子正常的情況下，還不一定會給顧老頭治療這個病腿。

周宣腦子又暈又興奮，但這個暈不是不知人事的平常那種暈，而是腦神經受到酒精的刺激而極度高興的暈，他的酒量本來就小，又加上這四十一年的茅臺功效，這時候根本就沒有正常的思維了，而是興之所至，越難搞的事，就越想做，越爬不過的山，就越想爬。

周宣冰氣迅速轉動著，這風濕的病症跟活動的病細胞確實不一樣，病細胞再小，那也是細胞，是冰氣能看得見的，但風濕只是一種病症，是頑症，並不是活細胞，周宣的冰氣無法捕捉得到，冰氣在一雙腿中遊蕩來回，就是察覺不到這風濕元兇藏在哪兒！

周宣皺著眉頭，有些煩悶，奇怪了，這風濕能把顧老頭弄癱，又是沉年累月積攢下來的，照理說，不可能在腿中發現不出來啊？

周宣還真不信這個邪，把冰氣強行運到了極致，然後在顧建剛一雙腿中一點不漏地搜索著，但結果卻依然是一無所獲。

周宣有些無奈，縮回了手指，喘了幾口粗氣，然後說道：「顧老，你這個風濕，嘿嘿，我還沒摸出原因來……」

顧建剛這才覺得正常了，腿這時也不癢了。

周宣說找不出原因，那才正常，要說他真能治，反而不正常了，便呵呵笑道：

「沒事沒事，我這個是老毛病，歲數一大，這毛病就變成了頑症，是沒辦法治好的了，不過你剛剛弄這麼一下，我倒是感覺身體好了許多，精神也好多了！」

顧建剛這話本是對周宣說客氣話，但說出口後，倒真是覺得自己的精神好多了，一開始腦子有些昏濁的感覺，現在沒有了，眼睛也沒那麼花，似乎視力也強了不少，心裏還真是很奇怪，腿剛才那麼麻癢，但說沒就又沒了！

說實在的，以顧建剛那沒有知覺的一雙腿，有麻癢的感覺對他來說反而高興，雖然麻癢，但總比沒有感覺的好，這一想時，忽然又怔了怔！

是啊，自己這一雙腿可是癱了好多年，一向是沒有任何感覺，怎麼現在會有麻癢的感覺？

第一五三章

命中貴人

周宣手一擺，顧建剛馬上省悟，原來周宣又在給他治病了。
一開始是麻癢，結果自己能走路能活動了，
多年的癱瘓，奇蹟般好了，心裏還在想著，
周宣絕對是他命中的貴人，應該怎麼來謝謝他呢？

顧建剛一怔之下，伸手摸了摸腿，腿上感覺到手指的觸摸，伸手抓了抓，也有手指抓的感覺，不禁一呆：腿真的有感覺了！

顧建剛腦子想著，又動了動腳，一雙腳在腦子的指揮下伸了伸，又抬了抬，就像手一樣，隨心所欲。

顧建剛心裏狂喜，雖然到了他這個年紀，情緒不會隨意波動，難得大喜大悲，但癱了這麼多年的腿忽然能動了，這終究是一件喜事，就算要死吧，那也是能走能動地去死好！

顧建剛根本沒有想到會有這種事發生，也無暇想其他的，情緒激動中，雙手撐著輪椅扶手，身子一挺就站了起來。雙腿感覺到了身體的重量，也站穩了。

顧建剛哪裡忍得住，立即邁開步子走下輪椅，然後在小客廳裏走了幾步，只是走到四五步的時候，身子一偏，腳還是有些軟，支撐不住。

周宣一個縱步上前扶著他，然後又把他扶到輪椅上，說道：

「顧老，你現在可不能走太多的路，需要慢慢恢復，因為你的腿和腿骨萎縮得很厲害，雖然恢復了一大部分骨髓造血功能，但腿要恢復到原狀，至少還得一兩周的時間，不過還是可以慢慢走幾步，逐漸地恢復！」

顧建剛坐下後，怔了片刻，然後才盯著周宣問道：「我的腿又麻又癢的，現在能走了，這真是你治的？」

「是啊！」周宣有些興奮地道，「我可是會治幾手絕症的，你這個腿能走路倒不是難事，只是癱瘓得太久，肌肉萎縮，骨髓不生血活肌，我幫你恢復不難，難的是你那風濕症，我老是查不到它究竟在什麼地方，應該是在腿骨中，但我就是找不到……」

顧建剛聽到周宣的話，不禁瞠目結舌，癱瘓的腿就在他不經意間治好了不說，而周宣說的那些話，他也如同聽天書一般！

俗話說得好，顧老頭因爲長期治療，久病成醫，有的甚至比普通醫生還懂，因爲治療得多，對醫術的瞭解也就多了，但周宣剛剛說的話，他卻不懂，生肌活血，骨髓重生，這是用嘴巴說出來就能行的嗎？再說了，風濕能找？又要怎麼找？

顧建剛當然不清楚他的病是怎麼治好的，而周宣當然也不會說。

女傭人這時候送上了菜肴，但都是些菇竹之類的素菜，想來是顧老頭身體不適宜大魚大肉，家裏人也對他飲食控制。

顧建剛走路還有些勉強，但卻一把將輪椅推到邊上，一樣跟周宣坐了紅木板椅，又給周宣倒了酒，請他吃菜。周宣平常吃的自然是不差的，忽然間吃到清淡又精美的素食，倒也覺得很可口。

顧建剛又倒了酒，其間顧園也進來過，但給顧老頭趕出去了，他要跟周宣單獨聊天喝

酒，因爲他覺得周宣渾身都是神秘的氣息，跟他待多一分鐘就會多一份認識。

周宣再喝了幾小杯酒，茅臺的醇勁上來，五六分醉意立時到了七八分，也更加的毫無忌憚了，冰氣從全身散發出來，無目的地亂測亂放。

茅臺酒從倒入顧建剛嘴裏，然後沿著喉管流到胃中，酒進入胃裏後，激騰起一縷縷的熱氣，順著胃壁上的毛孔被吸收。

周宣的冰氣注意到這個場景時，忽然心中一動！

這酒升騰的熱氣也不是細胞，他之所以能察覺到，那是因爲酒精升騰後的這縷氣有了熱度。周宣在這一瞬間忽然想到了風濕的原因，原來是溫度！

一想到這個，周宣立即運起冰氣延伸到顧建剛的腿上，果然給他發現了不同之處！

如果用冰氣來查找風濕的所在，那確實找不到，但周宣剛剛通過茅臺酒在顧老頭胃中的情形想到了，風濕不是癌細胞白血球一樣的活細胞病體，所以用那種方法是找不到的，但風濕是一種症狀！

在顧建剛的一雙腿骨上，周宣的冰氣終於察覺到，腿骨的骨質中，顏色深潮，溫度比正常的略低，這個對比，周宣是拿自己的和顧建剛的腿骨來比較。

自己的腿骨顯然是很健康的，各方面都正常，而顧建剛的腿骨除了老化的原因外，其他方面比他的有很大差別，腿骨中有一種陰冷的氣息，周宣心想，這或許就是那個風濕頑症的所在了！

這風濕已經深入骨質裏面，與顧建剛的腿骨交織纏繞在了一起，形成了一個整體，要把它弄出來，要與腿骨分離出來，怕是得把骨頭剔出來才能辦到！

周宣在找到病症原因後，運起冰氣在腿骨中來回逼動，但那陰冷的濕氣很頑固，僅僅是用逼，是逼不出風濕之氣來的。周宣這時候是仗著酒勁，真的不行就用吸的。

在晶體中，周宣可是吃了大虧的，幾乎連冰氣都消失了，再後來，在晶體中吸收冰氣能量的時候，周宣就非常小心了，到現在已經可以收發自如，但晶體中那龐大的冰氣能量體的厲害，周宣卻深深刻在了腦子之中。

現在面對頑固的風濕陰冷之氣，周宣就想起了晶體能量吸收自己冰氣的場景，那龐大的能量體所施行的方法，此刻記憶猶新！

周宣把冰氣旋轉著，仍用晶體中能量運行的樣子，如海浪，如龍捲風，如漩渦，而冰氣對於顧老頭腿骨中的風濕之氣來說，也是極為龐大的，冰氣旋轉的吸力強勁，把腿骨中的陰冷風濕氣一絲絲吸了出來，每吸出一絲，那一絲風濕寒氣就被冰氣轉化融合！

顧建剛眼見周宣又發怔一般坐著，停止了吃菜喝酒的動作，心裏又奇怪起來，這個周宣又怎麼了？忽然，他感覺到自己的一雙腿很冷很冷，如同墮進冰窟一般，不由得機靈靈打了一個冷顫，詫道：「好冷！」

周宣手一擺，示意道：「顧老，喝杯酒，別亂動！」

顧建剛馬上省悟，原來周宣又在給他治病了，一開始是痲癢，結果自己就能走路能活動了，多年的癱瘓奇蹟般好了，心裏還在想著，周宣絕對是他命中的貴人，應該怎麼來謝謝他呢？

顯然，周宣是不在意金錢財富的。通常，男人追求的無非就是金錢名利，權力美色。對於金錢，顧建剛已經確定周宣不會在意，照理說，他也是不會注重名的，像他這種身分的人，要名，還不是手到拿來。權力嘛，這個是自己找他的原因，所以就更不會是這個原因了，唯一剩下的就是美色了！

周宣年紀輕輕的，血氣方剛，應該是喜歡美女吧？顧建剛沉吟著，如果他喜歡美色的話，是不是要把孫女愛琳許配給他？

顧建剛隨即又自己否決了，瞧周宣剛剛對孫女愛琳的那副表情，可是絲毫沒瞧在眼裏，不是瞧不起她，也不是孫女顧愛琳不夠漂亮，一定是嫌愛琳不夠成熟，太嬌氣任性。

這種事，他還真是不拿手。對普通人來說，顧建剛或許就等於是上帝，只要他出手或者開口，就能給人夢想，但周宣分明是他不能掌握得了的人！

周宣在顧建剛發愣出神的這一陣子，冰氣如十字刀擰鏍絲一般，將寒氣一顆一顆全部拔了出來，又吞噬了個乾淨。

而顧建剛雙腿那種冷到骨子裏的感覺慢慢下沉，彷彿一個杯子底部穿了一個孔，杯子裏的水慢慢流失，直到杯子變成空的。

顧建剛這個感覺很明顯，冰冷的感覺如流水一般，從腿中間慢慢下沉，一直到腳底，最後消失，也就在冷的感覺消失後，忽然又從小腹中竄出一股火燙的熱流，這股熱流出來的時候只有四十度，因爲比體溫高，所以才感覺到。

這股熱流在一雙腿骨中上下流動，溫度也逐漸升高，好像鍋裏的水在大火烘烤之下，溫度一步步升高，從四十度變成五十度，六十度，七十度。

老顧一開始還在強忍著，到後來，那一把老骨頭也忍不住，站起身在房間裏來回走動，額頭上汗水直淌，嘴裏叫道：「好燙好燙！」

但瞧周宣似乎沒有別的話說，顧建剛也就沒再說什麼，極力忍著，畢竟周宣這些神奇的能力讓他又驚又喜，自己的頑症可是世界上最先進的醫術都治療不好的，說一千道一萬，都不如事實說話來得有力！

就在顧建剛都覺得不能忍受的時候，周宣終於呼呼吐了一大口長氣，然後伸手把酒杯端起來一飲而盡。

顧建剛在這個時候，感覺到火燙的熱流忽然間消失了個乾淨，他閉了眼感覺了一下，只

覺得全身舒泰，身子輕鬆，年輕的感覺浸淫著自己的身體。

當然，這個年輕並不是說顧建剛就是有年輕人的身體了，在周宣冰氣的功能下，他的身體也只是機能恢復到了七十歲左右的樣子，而他的腿除了萎縮嚴重的肌肉腿骨，還需要一定的時間來休養外，風濕是完全治療好了。

顧建剛站直身子，在客廳中來來回回地走動，彷佛又回到了二十年前，那段時期，自己可是身擁百億資產，正在商業圈打拚，鬥智鬥勇。

顧建剛的欣喜可真是難以形容，本來是借著孫子顧園把周宣請來，聯絡一下與京城的關係，卻沒有想到，周宣竟然是一個奇人異士！

剛開始，周宣送給他的玉雕壽禮已經讓顧建剛吃驚不小，現在，竟然又憑空把他的癱症風濕給治好了，這讓他更是吃驚！

說到底，今天是他的九十大壽，周宣治好了他的頑症，能讓他跟一個常人一樣好端端地行動生活，這比什麼壽禮都要好，都要貴重啊！

如果可能，就是讓他掏出全部的身家來換得身體的健康，他都願意，畢竟，金錢有價，健康無價啊！

顧建剛走了幾個圈子，轉身想要對周宣感謝時，卻見周宣醉眼朦朧地正自個兒拿著那瓶茅臺往杯裏倒酒喝，頓時就忘了說話，趕緊上前搶過瓶子，來幫周宣倒酒。

周宣呵呵地笑著，端起杯子又是一乾而盡，這酒又醇又香，入口那種感覺，難以形容，遠不是自己家鄉那種摻水的包穀酒能比的。

顧建剛見周宣喜歡這酒，哪裡還會多想，又是斟滿酒杯，不過，周宣在端著酒杯的時候，忽然偏倒在桌上，身子壓倒了菜碟，緊接著，酒杯、菜碟滾落到地上，那只飲酒的杯子也摔了個粉碎！

這要換了另一個人，顧建剛鐵定會發大火，這套酒具可是他的珍藏古董，可遇不可求，但現在他卻沒有半分在意，他此刻最關心的卻是周宣。

顧建剛一邊扶著周宣，不讓他倒在地上，一邊又叫來傭人，然後吩咐傭人把周宣抬到房間裏洗澡休息。

等傭人把周宣服侍走後，顧建剛瞧著一地的殘跡，不禁有些好笑，這個周宣，真是難以捉摸的一個奇人，年紀這麼輕，卻讓他看不透，穿著一身才幾百塊的廉價衣服，卻隨便一出手就是幾億的禮物，瀟脫地拒絕了他七八億的股份不說，又不可思議地把他的癱瘓和風濕都治好了，這樣一個神秘莫測的高人，眼下卻被幾兩的白酒醉倒了！

這四十一年的茅臺，酒雖然醇厚，但一個普通人也能喝上半斤不醉吧？周宣還不如一個普通人？

陽光透過窗簾沒遮擱地穿透了進來，灑落在床上。

冬天的陽光就是那麼溫暖。周宣懶洋洋地伸了一個懶腰，這才睜開眼。

腦袋有些痛，伸手揉了揉，睜開眼的那一刹那，忽然發現這地方很陌生，又瞧見自己光光的手臂，禁不住吃了一驚，一翻身爬了起來，四下裏瞧了瞧。這才發現，這是一間陌生的地方，很豪華的一間臥室，從房間的大小和一應設施都能看出奢華的氣勢。

周宣定下神來仔細想了想，腦子裏有些印象，好像是昨天跟顧建剛顧老在喝酒吧，之後的事卻是一點也想不起來！

周宣坐起身來想了半天，仍然想不起來昨晚喝酒後發生了什麼事，心道：以後可真不能喝酒了。原來自己的酒量這麼小，喝一點就醉得不成人樣，也不知道有沒有幹酒後亂性的事，要是出了事，真不知道怎麼收拾！

房門上「篤篤篤」響了幾下敲門聲，周宣問道：「誰啊？」

「周先生，您好，我是顧家的傭人，來給您送衣服的，我可以進來了嗎？」門外說話的，是一個清脆的女子聲音。

周宣趕緊一骨碌鑽進被子裏，然後才回答道：「可以！」

說不可以是不行的，因爲周宣發現這房間裏沒有他的衣裳，包括褲子鞋子襪子，上上下下一樣都沒有，而身上就一條內褲。

昨晚可真是醉得一塌糊塗了，根本不知道是怎麼到這房間來的，又是怎麼上床的。在被子裏，周宣又想到了一件事，那就是他已經醉得那個樣子了，這一身的衣服褲子又是怎麼脫掉的？喝醉了的人應該沒有這個能力自己脫衣脫褲吧？而且還脫得這麼乾脆精光！

門被輕輕推開了，進來的不是一個，而是兩個女人，兩個中年女子，模樣談不上多漂亮，但很樸實，一看就是大戶人家裏做事很有經驗的女子。

兩個中年女子，一個手裏提著衣架，一個捧著一個鞋盒，上下裏外一整套新的行頭，衣服上的標籤周宣看得很清楚，是亞曼尼。

兩個女子把衣服掛在架子上，鞋子放在床前，然後躬身行了一禮，這才退出房去，出門時又把房門輕輕帶上了。

周宣知道，這一套行頭至少得要二十萬元以上，這個顧老頭，難道自己送他一件玉雕，就非得又給自己送點禮回來？

不管怎麼樣，在這樣的情形下，不管是多貴，周宣都得穿上了，總不能叫他光著身子出去吧？

穿好衣服鞋子後，周宣又見到桌子上放著錢包、手機等等，這些倒是他自己的物品，除了他那一身便宜的衣服鞋襪沒有了，其他東西都在。

周宣拿了錢包隨便瞄了一眼，裏面的錢應該沒少，卡都在，對錢他沒有概念，自己錢包裏有多少錢，腦子沒有一點印象。

拿起手機瞧了瞧，見有一通未接電話，是傅遠山的電話，時間是昨天晚上十點四十分。那個時候，自己早醉得人事不知了。

周宣想了想，給傅遠山撥了回去。

電話一通，傅遠山的聲音就傳了過來：「老弟，沒什麼事吧？昨晚我給你打了電話，但你卻沒有接！」

「沒事，就是跟人家喝酒，喝醉了，現在才醒！」周宣不好意思地回答著，又問道：「老哥，你找我是爲了你那事吧？」

傅遠山低聲笑了笑，說道：「是啊，想來想去，我還是決定了，留在京城！」

周宣也笑了笑，問道：「老哥，我倒是覺得你到鄰市比較好，那兒可是當頭啊，不是有寧爲雞頭不爲鳳尾的話嗎？」

「是啊，我是那樣想過，但回過頭來一想，覺得還是留在京城好！」傅遠山笑笑道：「當著老弟我也不說暗話，我能有今天，那都是老弟的功勞啊。要是到鄰市，與老弟可隔得遠了，離開了老弟你，我還能有什麼大的發展前途？在京城呢，這麼多競爭對手，我還不是站在前頭？我想過了，跟老弟你隔得近，對我的幫助更大，呵呵，就這樣決定了！」

傅遠山這話說得十分坦誠，就是想借重周宣的助力，也不隱瞞。周宣想了想，覺得這樣也好，自己幫他，確實也是存了私心，兩人雖然交情漸深，但也明白，他們本就是互利關係。

傅遠山也明白，周宣雖然也是想借助他的力量，但兩人的地位卻是截然不同的，不可否認，周宣站的地位絕對比他高，他雖然不是體制內的人，但憑他的關係，他說話比他更有分量，這一點，傅遠山十分清楚。

周宣嘿嘿笑道：「老哥，那就這樣吧，我等一下就給那邊回個信，把你的決定告訴他們。」

傅遠山帶著笑意掛掉了手機。

周宣想了想，拿手機又給老爺子打了個電話，把傅遠山的決定告訴他，這件事魏海河那邊一定也在等著他的回覆，拖延不得。

電話打完了，周宣又到洗手間裏洗漱一番，洗手間裏備下的盥洗用具全都是包裝完好的新品。

洗漱完後，周宣在鏡子裏照了一下，穿著這一身名牌服，倒是平添了幾分瀟灑的帥氣，當真是人靠衣裝，佛靠金裝，這話說得不假！

出了房間後，門外那兩名中年女子還在等候著，一見到周宣出來，馬上躬身道：

「周先生，請跟我到小客廳，顧老爺在等候您！」

在昨天喝酒聊天的那個小客廳裏，周宣見到了精神抖擻的顧建剛和顧園，還有顧仲懷，父子孫子三個人。

周宣一進門的剎那，顧建剛三個人立刻站起身來迎接。

周宣見顧建剛沒有坐在輪椅中，而是起身穩穩地迎接著他，心裏便是一怔，也沒瞧見這房中有輪椅，腦子裏一閃，忽然覺得有些不妙，難道是他……

周宣發著愣，腦子裏依稀有了些印象，果然，顧建剛拉著他的手，熱情地把他拉到沙發上坐下，然後激動地說道：

「小周老弟，說實話，我老頭子昨晚幾乎大半晚沒睡著覺，這一身的毛病竟奇蹟般的被你給治好了，這個……我也不知道該怎麼來感謝你了！」

周宣心裏一沉，奶奶的，還真是他幹的！看來喝酒真是誤事啊，對於治好顧老頭的病，周宣倒不是有反感，而是不想讓太多的人知道他的異能。

周宣尷尬地笑了笑，說道：「這個……這個……我不記得了，我喝醉了，什麼都記不得，我……」

顧建剛瞧周宣有些遮遮掩掩的樣子，忽然間恍然大悟，馬上揮手對顧仲懷和顧園道：

「你們兩個先出去一下，我有話跟小周一個人說！」

薑還真是老的辣！就這件事，周宣就見識到顧老的老練處，他什麼也沒有說，甚至沒有任何提示，只是表情尷尬些，顧建剛馬上就明白了，不管是什麼原因，周宣並不想讓更多的人知道，顧建剛便將兒子顧仲懷和孫子顧園支了出去。

「小周老弟，不好意思，你的意思，是不想讓別的人知道吧？」顧建剛老臉笑著，陪著不是。

周宣苦笑道：「顧老，說實話，我的確是不想讓外人知道。給你治病吧，我是有那個想法，但後來喝了酒後，便糊塗了，我可是一點酒量都沒有，一醉便想不起事，都忘了請顧老保密了！」

顧建剛擺擺手，慚愧地道：「不不，這個責任在我，我也糊塗了，主要是太興奮了，沒考慮到這方面，不過請小周老弟放心，這事暫時除了我兒子仲懷和孫子顧園，就再也沒有其他人知道，昨天雖然是我的壽日，我卻沒有出去見客，今天一大早我就在這裏等著小周老弟！」

周宣聽了放心些了，憑顧老頭的分量，他的話自然是一錘一個印。

目前知道的，只有顧建剛的兒子顧仲懷和孫子顧園，而他們兩個人也只知道顧建剛的老毛病被周宣治好了，怎麼治的，和周宣的奇異能力，他們並不知道，只以為是周宣有秘傳的

醫術吧。聽顧建剛說，周宣打小就跟老道士練武學醫術，這個老道士，肯定就是個民間奇人了！

顧建剛把顧仲懷和顧園支出去後，然後關上了門，這才又對周宣說道：「小周老弟，實在不好意思，沒有替你考慮周到！」

周宣苦笑道：「顧老，這個就不必說了，只要顧老的兒子和顧少能緊守這個秘密就好，我是個不喜歡麻煩的人，像我給顧老治病，外人不知道，顧老自己肯定會想明白，其中有很多不為人道的東西！」

顧建剛越發的尷尬，陪著罪道：「我明白了，都是老朽想得不周到，不過這事，我老顧給你保證，絕不會外傳出去。說實話，老頭子這條老命算是小周給的，說你是我再生父母也不為過，我老顧又怎麼會讓我的救命恩人為難呢？」

「那就好，那就好！」周宣伸手攔著顧建剛說。

顧建剛呵呵一笑，話頭馬上轉開了，笑道：「不談那事了，小周先生，我老頭子想給你介紹一門親事，不知道你意下如何？」

「說媒？」周宣呆了一下，沒料到顧建剛忽然說出這麼一句話來！怔了片刻後才回答道：「這個……」

一時也不知道如何說起，臉上儘是尷尬的神色，不好回答，是因爲他猜顧老頭該不會是想把他的孫女顧愛琳嫁給他吧？這個野蠻女可不是自己喜歡的，當然，別說不喜歡，就是喜歡，自己也有盈盈了，也不可能再去沾惹別的女孩子。

顧建剛卻以爲周宣是害羞，臉皮薄，不好意思，笑了笑道：

「小周老弟，我老顧開口說這個話，心裏是有數的，這個女娃子是我老顧看著長大的，無論是身分相貌，各方面都是萬裏挑一，拔尖的，所以我老顧才厚著臉皮給小周老弟提這個話。」

周宣訕訕地笑了笑，這顧老頭的話，越發讓他相信說的就是顧愛琳。

哪個做長輩的會不喜歡自家的孩子？自然都認爲自家的孩子是最好，最優秀的；再說，老顧還說了身分和相貌，說實在的，顧愛琳雖然算不得極爲漂亮，但還說得過去，要說身分嘛，以她們顧家這種大富之家，自然也說得上系出名門。

周宣一直考慮著要怎麼說，而顧建剛也一直以爲周宣只是臉皮薄，笑笑又道：

「這個女娃子，除了有些自傲外，可以說是沒什麼缺點，但女娃子驕傲那主要還是因爲自己太出色了，所以瞧不起比她差的男子。我很欣賞她，在我的朋友圈孫子一輩中，還真找不出比她更能幹的了，這幾年因爲她父親病重，家裏的擔子就落在了她一個人肩上，不過家族生意卻給她做得紅紅火火的，的確難得，呵呵，今天看到小周老弟，我倒覺得跟我這個老

朋友的孫女很般配，所以才提了這個話！」

說到這兒，周宣才驚覺到，老顧說的原來並不是他的孫女顧愛琳，而是他朋友的孫女！

周宣這才鬆了一口氣，當著老顧的面，自然不好說他孫女的是非，但如果是他朋友的孫女，那也就罷了。

「顧老，實在不好意思！」周宣自然了些，苦笑道：「實際上，我已經有了未婚妻，再過兩個月我就要結婚了！」

「哦……」顧建剛愕然抬頭，剛開始見到周宣那種表情，還以為他是臉皮薄，不好意思，又沒有立刻當面拒絕，所以才繼續說下去，但周宣忽然說自己已經快結婚了，還真是出乎他意料之外。

愣了片刻才問道：「小周老弟，不知道你這位未婚妻是哪家閨秀？」

顧建剛心想，以周宣的身分，他的未婚妻只可能有兩種，一是他們那個圈子中的家庭，屬於政治聯姻；二是內地商業家族中的女子。

政壇上的人，顧建剛可能不會太熟，但商業圈的富豪中，頂尖的那些，他卻都是認識的，不說交情有多深，但至少能搭得上話。即使不認識，他也可以跟這家搭上關係，然後再多做些合作，這樣同樣可以達到跟周宣把關係拉攏的作用。

周宣沉吟了一下，然後才回答道：「顧老，我未婚妻從小在紐約長大，是美籍華人！」

顧建剛有些意外，問道：「紐約的華人？紐約的華人商家，我倒是認識幾個，不知道小周老弟的未婚妻娘家是姓傅，還是姓陳，姓朱的？」

「姓傅！」周宣老老實實地回答。

沒料到顧老頭的見識挺廣的，不過又想，顧家是香港頂尖的幾大富豪之一，這個世界對於普通人來說或許很大，但對他們這一類人來說，世界又很小了，全球的富豪扳著指頭也能數得過來，就算認識也不奇怪。

顧建剛眼睛精光一閃，隨即詫道：「真的是傅家？……哦……」

忽然間又恍然大悟道：

「我想起來了，幾個月前紐約媒體曾大肆報導過，華人首富紐約傅氏第三代繼承人訂婚，第一代掌門人傳天來財產繼承人大轉讓，傅氏百分之七十的股份轉到孫女傅盈的未婚夫……那個……應該就是你吧，原來，原來那個未婚夫就是小周老弟你啊！」

第一五四章

單相思

傅盈不論哪一方面都要比她更優秀，
一向驕傲的上官明月也不禁自慚形穢。
而上官明月傷心的是，就算她再不顧一切，
周宣也不會喜歡她，她單方面的喜歡又有什麼用？
她這才知道，單戀一個人原來是這麼的痛苦！

周宣訕訕地笑著，沒有否認，等於算是默認了這個事實。

顧建剛這才真正大吃一驚，紐約傅氏可比他顧家的實力還要強得多，如果周宣是傅氏的繼承者，他的身家就的確不簡單了，即使跟他顧建剛平起平坐也絲毫不遜色。

自己還想給他說媒，這一想也就不再說了，他選的這個女孩雖然也很出色，但身家跟傅氏相比，就遜色不少了。

其實，顧老頭給周宣說媒的那個女孩，就是上官明月，只是周宣並不知道。

「呵呵呵，算了，什麼也別說了，我們好好喝酒吃飯聊天！」

顧建剛乾脆拋開了那些算盤，這個周宣，看來真誠相待最好，人家不在乎金錢財富，連美色名利都無法打動他。

這樣的人，恐怕也不是普通人能猜透的。現在，自己沒給他半點好處，反而是周宣送給了他天大的禮物，如果說那份價值連城的玉雕是重禮的話，那周宣又治好了他的老頑症，這等於給了他第二次生命的恩情，那可又遠比玉雕更貴重多了，這份重禮，就算把他顧家的產業拿來換，那也值得的。

就在昨天以前，自己的生命有可能隨時會終止，但在今天，他的身體至少可以讓他再安安穩穩多活十年，這樣的事，拿錢能買到嗎？回答是肯定的，絕對是買不到！

周宣一聽到顧建剛又說喝酒，趕緊搖著手道：

「不了不了，顧老，說實話，我的酒量實在是很小，昨天喝醉了人事不知，也不知道幹了些什麼事，這酒還是不喝了。」

顧建剛也不強求，這時候，他對周宣的看法又不同了，一開始覺得周宣神秘，而現在除了神秘外，周宣的身分還加上了華人首富傅氏財產繼承人的頭銜，那又加重了很大的分量。

顧建剛是靠自己一手一腳打拼出來的，而傅氏的財富也是一樣，都是辛辛苦苦打拼出來的。若要顧建剛把七成產業轉到孫女顧愛琳以後的夫婿名下，那他可辦不到。傅天來那個老頭，想法跟他絕對差不了多少，但他怎會如此大方的，而且是在新聞媒體面前宣布把財產轉到周宣名下呢？這當中肯定另有隱情，老奸巨猾的傅天來，哪裡會做吃虧的事？

顧建剛不再談這些事，吩囑傭人把顧仲懷和顧園等家人都叫過來，擺了一桌酒菜，今天心情好，身體也好，胃口也好，吃了太久的素食，今天決定換換口味。

因爲周宣不想太多的人知道他的事，而顧建剛癱瘓了的雙腿忽然間好了，這肯定會引起許多人的猜想，對周宣來說，這會是件麻煩頭疼的事。所以顧建剛也沒有叫家裏其他人來，除了兒子跟顧園這個孫子外，其他人都沒叫。

只是沒過多久，顧愛琳卻帶著上官明月進來了。

顧建剛很是頭痛，昨天把這個最心疼的孫女打了一巴掌，心裏也肉痛得很，只是顧愛琳

確實是被寵壞了，不知天高地厚，不打打她，她還以為這天底下就她顧家天下第一了。

昨晚周宣喝醉酒後，顧建剛著實狠狠地又把孫女教訓了一次，雖然沒明說，但隱隱晦晦點明了，周宣可不是她所說的騙子，而是惹不得的人。

別說惹，最好的是要拉攏他，搞好關係，這還得要看周宣高不高興，願不願意呢，可不能由著顧家亂來。

聽到爺爺這麼說，而且還說得很嚴肅很正經，顧愛琳還真給嚇到了。

難怪昨天自己那麼一說，爺爺就氣得給了自己一耳光，又想起自己在第一次見周宣時，自己胡亂說一通得罪周宣的話後，上官明月還緊張地給周宣解釋說她是胡說的，難道周宣真是個很了不起的人？

顧愛琳從小就佩服爺爺，全家人的話，就爺爺的話她不敢反對，不敢辯駁，爺爺現在可是把周宣當成上賓招呼著，但顧愛琳雖然不再對周宣瞎鬧胡說，心裏卻是估計著，周宣多半也就是有一個極有後臺的家庭吧，不見得他自己有多能幹。

顧建剛見顧愛琳不再像昨天那般無禮胡說，也就不再管她，而他本來覺得上官明月很不錯，想促成這對婚姻，不料周宣已經心中另有所屬，也只得算了。不過，這並不妨礙上官明月來這兒一起吃頓飯。

上官明月挨著顧愛琳，在周宣旁邊輕巧地坐了下來。

再次見到周宣，上官明月心裏又激動又傷心，她心裏知道周宣有未婚妻，而且也見過面，如果是一個比她差的女孩子，她還高興一點，但傅盈哪方面都不弱於她，不禁就令她很傷心了。

自從不知不覺地喜歡上周宣以來，她就變得話也不會說了，高傲的心態也沒有了，難怪總說女生是柔情似水，這一顆心，便如水一般蕩來蕩去了！

顧園自把周宣帶來後，這兩天他都沒找著機會跟周宣說上話，這時好不容易得到老顧的首肯，坐下來便吩咐傭人到藏酒室把酒拿出來。

周宣嘿嘿笑道：「顧少，我今天是不能再喝了，我的酒量不行，昨天醉得一塌糊塗的，還麻煩你們，也不知道出了多大洋相！」

上官明月詫道：「你喝醉了？喝了多少？」

「就三四兩吧，沒多少，小周的酒量真的很一般！」顧建剛笑笑著替周宣回答了，看來周宣並不好酒，所以也不會在乎酒量好與不好這個面子，說出來也不會怪罪。

上官明月更奇怪了，如果是說別的她還不奇怪，但說到喝酒，她可是一輩子也不會忘記的。與周宣第一次見面，便是他替自己擋下了吳建國的無理要求，替她喝了近二十萬元的洋酒，二十瓶啊，任誰都不會忘記的！

那次周宣喝了二十瓶洋酒，卻是沒有一絲半毫的酒意，更別說醉了，可如今，顧建剛怎麼說周宣才喝了三四兩酒，就醉得一塌糊塗了！這還真是讓她想不通，除非周宣是裝的，否則就沒辦法解釋了。

顧園笑道：「這樣的日子難得碰到一次，少喝點吧，沒酒這成什麼局？」

瞧著上官明月疑惑的眼光，周宣很是無奈，想了想，也就不再堅持，要喝就喝吧，自己別喝那麼多，用冰氣化解一下好了，喝個幾杯掩飾一下就推辭不喝了，這倒也不是難事。

說實話，這一桌子的人，除了周宣以外，其他人，包括兩個女孩子以及顧建剛這個老頭，都是能喝的，尤其是顧建剛，只是這幾年身體狀況不好，所以被家人強行控制著，但老顧現在神奇地扔掉輪椅站起來，跟正常的健康人一樣，要喝點酒，只要有節制，家裏人自然是不會說什麼的。

顧園吩咐傭人拿出來的卻不是國產的酒，而是洋酒軒尼詩，上官明月一看到這個，臉上便不禁露出絲絲微笑，心裏也湧上一縷暖意，與周宣認識這麼久了，也算是瞭解熟悉很多，當初自己還不是跟顧愛琳一樣，認爲周宣不過是裝相扮戲，結果只是爲了引起自己的注意。但最終卻明白到，自己是太瞧得起自己了，周宣是真的沒將她瞧在眼裏！

也是第一次，上官明月對自己的容貌和自信產生了懷疑，再也沒有以前那般的驕傲了，整個人似乎變了另一個人。這也讓跟上官明月一起長大的好友顧愛琳懷疑起來，這還是以往那個她認識的驕傲的上官明月嗎？

顧園從女傭手裏接過軒尼詩，打開蓋子挨個倒了好幾杯，首先一杯給爺爺顧建剛，第二杯給周宣，然後是二叔顧仲懷，接著是上官明月，妹妹顧愛琳，最後才是他自己。

倒完了酒，顧園首先端了小酒杯，笑嘻嘻地對周宣說道：「小周老弟，慶祝我們的認識，乾杯！」

周宣也不多話，端起杯子跟顧園碰了一下，然後又對顧建剛道：「顧老，昨天喝醉了，今天再補一下，祝顧老壽比南山，福如東海！」

周宣這種老派的祝酒詞讓顧建剛忍不住呵呵大笑，也端起酒杯與周宣碰了一下，然後道：「小周，客套話就不說了，乾一杯吧！」

碰杯飲酒的那一刹那，上官明月一雙俏眼緊緊地盯著周宣，瞧著周宣把酒倒進了嘴裏，喉頭鼓了一下，明顯吞了下去。其實，周宣在吞進喉中的那一刹那，已經用冰氣轉化吞噬掉。

一杯下肚，傭人陸續上了精美的菜肴。

周宣不知道，這是顧仲懷花了高價，請了香港最有名的五星級大廚來做的這頓菜。邊吃菜邊飲酒的功夫，顧園又勸飲了幾杯。

周宣喜歡的是洋酒，而顧建剛喜歡的是國產酒，一瓶酒六個人喝，沒兩下就空了一瓶，顧愛琳和上官明月不拒絕也不推辭，杯來酒乾，在自己家裏，有什麼好擔心的！

顧建剛不愛洋酒，轉頭吩咐傭人：「把我那三十一年的茅臺和三十年的五糧液都拿過來！」

喝了一瓶洋酒，除了周宣，其他人臉上都洋溢著酒意，雖然不是醉意，但酒意卻是上了臉。

上官明月還想，難道周宣真是能喝洋酒，只是不能喝國內的白酒？還是他真的會魔術？

顧建剛也是有些詫異，昨晚周宣才喝前兩小杯的時候，就能明顯看出醉意盈然，怎麼現在喝了好幾杯，卻是一點點酒意都沒有的樣子？

難道周宣昨晚是裝的？顧建剛心裏懷疑著，但又覺得不像，雖然他跟周宣才認識不到一天，沒說多少話，但卻明白周宣性情耿直，絕不會是那般做作的人，而他們之間也絕不存在利益關係，不管從哪方面講，周宣都不會是個貪錢貪財的人，說起來，他的底氣應該比他們在座的所有人都足。

顧園仍然在倒他的洋酒，上官明月心裏暗暗估計著，顧園的洋酒區區兩瓶，只怕是不夠看吧，周宣上次可是替她喝了整整二十瓶！

不過，上官明月到現在都不相信周宣是真的喝下了那些洋酒，只是始終找不到破綻而已，所以現在更是緊盯著周宣。

周宣沒有去注意這些，除了懷疑，人家要想找出他的手法和破綻，也是不可能的，他的冰氣是在無形中進行的，除非有同樣身具冰氣異能的人才能察覺。

周宣雖然不敢肯定這個世界中再沒有擁有和他一樣能力的人，但至少到現在，他還沒見到有一個和他一樣能力的人。

除了這次來香港見到的馬樹，是個會讀心術的異人。雖然遠不及自己，但也算是一個奇人異士。

傭人送上兩瓶三十年的五糧液和茅臺，先開了五糧液，然後給每個人都倒了一杯。

顧建剛端了酒杯對周宣道：「小周，來，乾一杯這個，我還是覺得我們的酒夠勁夠味道，喝著自在！」

有周宣在場，顧建剛這次倒是沒有直接說洋酒是馬尿，以前在家中，顧園只要一拿出洋酒來，顧建剛就會斥之爲「馬尿」！

周宣端了酒杯乾了，這時候，顧建剛還真是納悶了，土酒洋酒這樣混著喝，更是容易醉，依照周宣昨晚的酒量來估計，今天喝的比他昨晚喝的只多不少，但周宣此刻不僅沒有醉，甚至連酒意都沒有一分，除了他，其他的人無不是額頭出汗，臉上飛紅，雖然沒醉，但

也都一臉醉意。

上官明月這時十分肯定，周宣不是能喝洋酒，而不能喝國內的白酒，而是又用了他的魔術手法！

周宣倒是在暗暗可惜這些昂貴的珍藏了，自己轉化吞噬了可沒半點好處，幾乎就跟直接把錢吞了沒區別。

顧建剛喝了這些酒，臉紅紅地朝顧園說道：「你這小子，給我坦白，前兩天你都幹了什麼好事？」

顧園一怔，愣了片刻才回答道：「爺爺，什麼事啊？我可是乖乖的，什麼壞事也沒幹過！」

「哼哼，今天有小周老弟在這兒，我也不罰你！」顧建剛哼了哼道，「莊之賢讓商會的劉副會長來跟你二叔說，說是你夥同其他人謀奪他十億港幣，這個事，你有什麼話說？」

顧園一下子脹紅了臉，急了一陣才冒出話來：「莊之賢這狗……狗……」好不容易才把這句髒話縮了回去。

「這混賬還會倒打一耙啊，我……我……」顧園面紅耳赤，到底還是害怕被爺爺知道其中的隱情，說話也結巴起來。

顧建剛臉一沉，喝道：「給我老實坦白，你當我老頭子老了，眼都瞎了嗎？你挪走公司四億的現金，你倒真是膽大包天啊！」

顧園臉一下子就白了，雖然這筆錢沒輸掉，但總歸是背著家裏人偷偷挪用的，而且這是賭博，如果真的輸了，可就闖了天大的禍了！

顧建剛黑著臉又道：「顧園，老老實實地把事情都給我說出來，今兒在場的沒有外人，說出來我也不怪你！」

顧建剛這話是把周宣也沒當成外人了，除了他，在場的只有上官明月一個外人，但她家跟顧家是世家，說不是外人也說得過去。

顧園知道這個事情是瞞不過去了，老頭子這麼說，肯定是知道得清清楚楚的，還不如坦白來得好，於是結結巴巴地把事情原委說了出來。

「你這個混賬！」顧建剛罵了一聲，但臉上卻沒有了原來的那種肅殺表情，「我看要不是周老弟，你還不知道會闖多大的禍事！」

顧園一見爺爺這個表情，心裏便鬆了一口氣。

顧建剛又說道：「莊家老頭子過世後，現在管家的這父子倆，都是爲了利益而不擇手段的傢伙。像這種人，別看一時得勢，最終卻會孤立無援，因爲得罪的人太多，哼哼，他們莊家是有勢，可我們顧家卻也不怕！」

顧園給顧老頭子訓斥了一頓，卻在末尾時話題一轉，似乎顧老頭沒有要懲罰他的意思，

但終究是犯了大錯，心裏是忐忑不安的。

顧建剛如何不知，瞪了一眼顧園，做長輩的，都是對子孫恨鐵不成鋼，何況顧園不是小孩子了，盜用的也不是十塊八塊，上個月就挪走了一億多現金，而前天更厲害，居然挪用了四億現金！

這筆現金要是出了問題，可會引出麻煩來。

顧建剛氣的是，從他瞭解的情況看，顧園挪用的現金全都是拿去賭了，而且毫不誇張地說，這些錢都會被輸光。前面的一億多是已經輸掉了，後面的這一大筆如果不是有周宣這個奇人出手幫忙，一樣也會輸出去。

「爺爺，我再也不敢了，我保證不敢了！」顧園紅著臉趕緊給顧建剛認錯，「第一次是我錯了，而後一次是有魏公子和周先生出手幫忙，所以才橫了心，也是因為那個莊之賢的原因……爺爺，如果是憑運氣實打實贏了我，我也認了，可他不是啊，這也經過周先生的證實了！」

顧建剛笑罵道：「你還有下一次，我就取消你的繼承權，每個月給你五千塊生活費，由得你去賭！」

顧園嚇了一跳，這可不是好事，如果沒了錢，讓他每個月領五千塊，五千塊有什麼用？

房子水電費都不夠，管理費都要好幾萬！還有加油錢，吃飯開銷……就是讓他一個月規規矩矩不去胡亂花錢，最少也得二十萬才能勉強支持，每月五千塊，還不如讓他去死吧！

「爺爺，爺爺，我保證我保證，絕不會再犯同樣的錯誤了！」顧園舉著手發誓，也顧不得在座的還有上官明月和周宣兩個外人。

其實上官明月是世家之交，無所謂，也不是沒見過這些事，而周宣就不同，不過，顧園可是想得很清楚，顧建剛之所以對他沒有太嚴厲的態度，其實就是因爲周宣，這件事也是周宣才化解了，現在的顧家，以顧建剛爲首，一心一意就是想拉攏周宣，顧建剛也自然會瞧在周宣面子上，不會懲罰顧園了。

倒是顧愛琳沒有顧忌，嘻嘻笑道：「哥，你只保證不會再犯同樣的錯誤了，那是不是會犯別的錯誤了？」

「你閃一邊去，瞎說什麼？」顧園揚了揚巴掌，恐嚇了一下，當然是不敢真打。顧愛琳說得沒錯，但怎麼能在這個時候找碴呢，這不就是在火上澆油嗎！

像顧園這種富家公子又如何能不犯錯？要是不犯那就不正常了，只要別鬧出像這次這麼嚴重的錯誤就夠了，對他們這樣的人來說，吃喝嫖賭就是生活，少了這些，活著就沒什麼意思了。

顧愛琳對顧園揚巴掌的動作，馬上就尖叫起來：「爺爺，二叔，哥打人了，打人了！」

「你……」顧園脹紅了臉，這個顧愛琳，棍子沒上身就已經躺地上嚎了，再說，自己這巴掌又哪裡敢真的摑出去？

顧建剛笑罵道：「真是不知羞，沒規沒矩的，好在小周也沒把你們當外人！」

顧愛琳眼神偷偷瞄了瞄周宣，周宣根本沒瞧她，當她不存在一樣，心裏不禁有些惱怒，但也不敢再發作。

昨天可是挨了爺爺的耳光，爺爺可是從來不打她的，晚上又把她叫過去教訓了一番，雖然從頭到尾都沒說出周宣是什麼人來，但話意中是絕不能惹的一個人。

顧愛琳雖然仍然懷疑，但爺爺的話卻是再也不敢反對了，而之前也曾聽上官明月說過，千萬不要去惹惱周宣，否則會給她們顧家惹來麻煩。

由於上官明月說得也是不清不楚的，所以她不怎麼相信，也因為從小驕慣的原因，碰到釘撞到刺了才知道痛。

周宣笑笑，沒說話，只是杯來就乾。顧愛琳瞄了瞄周宣後，又偷偷瞧了瞧上官明月，卻見上官明月一雙眼就沒離開過周宣，臉上神情幽苦，這哪裡還像她認識和熟悉的那個上官明月啊！

上官明月也是一杯接一杯喝著酒，一張俏臉紅得像蘋果，酒意盎然，只是臉上的表情也越發的悽楚。

顧愛琳也喝了不少酒，本來有些收斂的心思給酒意一催，這時膽子又壯了，端了酒杯對上官明月道：「明月，來，我倆單獨喝一杯，祝你早日找到如意郎君！」

誰知道顧愛琳不提這個話還好，一提起，上官明月二話不說，端起酒杯一口就喝了，眼圈卻有些紅了，如意？還如什麼意！人家就要結婚了，自己這樣一個漂亮驕傲、公主一般的人兒，挑來選去，好不容易喜歡上一個人，人家卻不喜歡她，不僅不喜歡，而且根本不在乎她，再說，那個傅盈……

一想到傅盈，上官明月就真的忍不住掉淚了，當然也是因爲有些醉了，否則在這樣的場合中，她還是會控制住的。

傅盈比她上官明月漂亮，她的身分上官明月也查明了，比她更有錢，雖說周宣肯定不是看中她的身分和家產，但傅盈不論哪一方面都要比她更優秀，一向驕傲的她也不禁自慚形穢，自覺不如傅盈甚多，但一顆心卻就此纏在了周宣身上。

而上官明月傷心的是，就算她再不顧一切，周宣也不會喜歡她，她單方面的喜歡又有什麼用？她這才知道，單戀一個人原來是這麼的痛苦！

顧愛琳瞧見上官明月一邊喝悶酒，一邊流淚，不禁慌了，趕緊拿了紙巾給她擦淚水。

顧建剛瞧見這個場景，也有些嘀咕，原來他就是想撮合周宣跟上官明月，這時瞧來，看

來他想的果然不錯，上官明月好像是真的喜歡上周宣了吧？但周宣也清楚地拒絕過他了。看來，這些小兒女的情事，他顧建剛是幫不上忙了。

一直以來，顧建剛都認爲，金錢能辦成很多大事，能解決很多人的夢想，但今天，面對周宣，顧建剛第一次覺得金錢失去效用了。上官明月的感情問題就是一個實例。

上官明月喝著悶酒，眼睛卻是盯著周宣，淚水也淌個不停。她這個樣子，讓顧愛琳和顧園、顧仲懷叔侄都感到十分詫異。在他們眼中，上官明月從小到大都很堅強很有個性，絕不會爲了男人而軟弱，有多少真正有實力、有才能的男子在上官明月面前傾倒過，他們都記不清了，他們可都沒見上官明月和顏悅色地對待過，更別說爲了男人而流淚了！

顧園是個花花公子，平生就最見不得女人的眼淚，當然，讓他見不得流淚的女人必須得是超一流美女，否則來個醜女在他面前流淚，那他恨不得嘔吐。

上官明月的眼淚可就讓顧園心裏不是滋味了。他瞄了瞄周宣，見他渾然不在意，心道：這麼一個嬌滴滴的大美女爲你流淚爲你傷悲，怎麼就不見你周宣動心？難不成你根本就不喜歡女人？

顧園一怔，心想這個還真有可能。像上官明月這樣的美女，這世界上就找不到幾個不動心的男人，要麼他就不是男人。

女人當然都不喜歡比自己更漂亮的女人。要是周宣暗暗示個意，顧園敢肯定，上官明月一定會如飛蛾撲火一樣撲進他的懷裏，那時，他想怎麼樣就怎麼樣了，上官明月那臉蛋，那身材，那……

顧園呸了一聲，自己都想得臉紅了，不禁暗暗罵了一聲。

上官明月雖然漂亮出眾，顧園可是把她當親妹妹看待的，自己結婚的時候，上官明月跟愛琳都才十三四歲，整天哥哥，哥哥地叫他，心裏也確實把她當妹妹看，只是這妹妹長大後，也太漂亮誘人了些！

周宣一開始根本就沒注意，後來發現情況不對，這才注意到上官明月盯著他的眼神，那流淚淒苦的樣子，不禁大為尷尬，本來他們之間可是什麼關係都沒有的，但現在這個情形，讓顧園這一家人看到了，若說他們兩個之間什麼都沒有，那他們絕對是死也不信的！

周宣搞不清怎麼會跟上官明月弄成了這種局面，之前是跟魏曉晴才弄得這般尷尬，之後，周宣就再沒對別的女孩子太親近過，免得再發生類似的事情。

而這上官明月，周宣從頭到尾就沒對她多說一句話，更沒往感情方面閒扯一丁半點，甚至連玩笑都沒開過。周宣就搞不懂了，上官明月是怎麼啦？

是不是現在的女孩子都是那麼叛逆思想，不論什麼事都會反著來，你越不喜歡，她就越要橫著來，像上官明月這樣漂亮出眾，各方面都極為優秀的女孩子，怎麼就會對自己這個呆瓜有好感了？

周宣記得，自己除了最早一次幫她在吳建國手中解過圍之後，後面跟她的見面可都談不上友好了！

唉，這個世界他不瞭解的事情太多！

第一五五章

致命危機

就在掏出手機的時候，周宣忽然感覺到極為不安，
似乎有極大的危險在向自己靠近！周宣緊張地凝目向四周望了一遍，
正猶豫時，耳中忽然聽到一個尖利的聲音，
猛然間，自己手臂如電擊一般！

周宣搖搖頭，桌邊的這些人都喝得有些醉意了，與其自己尷尬，不如把他們都灌醉了再說！

周宣在喝酒的同時，又暗暗用冰氣測了一下顧建剛的身體，這老頭身體機能恢復得比他想像還要好，就算喝醉了也沒有多大不適。看來，自己的冰氣比之前更精純了些，只是在不知不覺中也沒感覺到不同，但從他治療的病人身上再比較以前治過的人，就高下明顯有很大區別了！

再幾杯酒下肚，五糧液、茅臺、洋酒混合著喝，除了周宣，其他人還真就醉了。

顧愛琳和上官明月最明顯，顧園、顧仲懷、顧建剛祖孫三個人也醉意盎然，說話舌頭也大了。

周宣心裏呵呵一笑，心道：再勸一下就把他們都灌倒了，自己就回酒店吧。

就在他拿瓶倒酒時，上官明月忽然衝著他道：

「周宣，給我倒酒，我要跟你喝！」

周宣怔了一下，瞧著上官明月神智有些不清的樣子，嘿嘿笑了笑，說道：

「好好，我幫你倒，讓你喝個夠，喝夠了就睡覺去！」

「我不睡覺，周宣，我問你！」上官明月情緒一下子爆發出來，惱火地問道：「我到底哪裡不如傅盈了？你爲什麼從來對我都是冷冰冰的？我不漂亮嗎？」

周宣是一丁點酒都沒下肚的，所以頭腦清醒得很，上官明月的話讓他十分尷尬，好在一桌邊的人都醉了，要是在平時，可是羞死了，不過要是沒喝醉，上官明月也不會說出這種話來！

都說酒後吐真言嘛，酒醉露真情，這倒是真不假！

上官明月盯著周宣，眼淚嘩嘩啦啦就下來了，恨恨瞪著他。周宣只有不說話，埋頭倒酒。

顧愛琳也幫上官明月說話了，這時候酒勁頂著，昨天的事都拋到了九霄雲外，哪裡還有半分顧忌？

「明月姐姐，我就替你不值，那麼多的好男人你瞧不中，卻偏偏瞧中這一個，瞧吧……」顧愛琳指著周宣越說越起勁了，「你瞧，長相吧，雖然說不上醜，但也不算帥，今天還好，穿了一身名牌還增加了一點點風度，但他離你的標準，可是差了十萬八千里啊，你怎麼就王八咬秤砣，鐵了心呢？」

上官明月眉毛一豎，惱道：「愛琳，你怎麼能這麼說他？我都捨不得惱他一句！他哪裡不帥了？哪裡沒風度了？就算他穿最普通的衣服，那也比別的男人好看得多！」

顧愛琳呆了呆，沒想到上官明月倒向她發了火，不禁也火道：「帥帥帥，帥呆了行不行？就算他脫光了什麼也不穿都很帥行了吧，我不說了！」

周宣嘿嘿乾笑一聲，這完全就是拆他的台。不過，這兩個女人都喝醉了，這個時候跟她們鬥嘴是最不明智的，最好的辦法就是更快灌醉她們。

周宣倒了酒，顧愛琳和上官明月一個惱，一個哭，但都還是端了酒杯，接連喝了幾杯。另一邊，顧建剛，顧園，顧仲懷三個人也喝得神智不清了，各自嘀咕著。

顧愛琳又端起了一杯酒，不過在喝的時候又停了下來，對周宣說道：「你……你把我明月姐姐弄哭了，你得跟她喝交杯酒！」

周宣一怔，拿著瓶子苦笑，真是醉了的人什麼都不怕，什麼都敢說，好在顧愛琳說完這話，隨即伏倒在桌子邊，完全醉倒了。

上官明月也不比她好多少，拿著個空杯子還使勁喝呢，只是眼神已經看不清人了。周宣把她手中的杯子拿下來放到一邊，扶著她挨著顧愛琳，兩個女孩子都醉了。

另一邊，顧建剛父子和顧園也喝得有八成醉了，都沒有節制，只因爲高興。

周宣沒花幾下功夫便把他們三個人都灌醉了，又用冰氣稍稍把他們體內的酒精化解了不少，醉是醉了，但卻不會有危害。特別是顧建剛，剛剛恢復了身體健康，是不能出半點意外的。

周宣用冰氣把顧建剛體內的酒氣酒精化解得特別多，估計不過三四個小時就會醒，其他的人還年輕，周宣只是稍稍化解了一部分酒精含量，但要醒過來，至少是要等七八個小時後。

周宣把顧家的傭人叫進來吩咐道：「把他們都抬到房間裏，睡一覺就好，沒什麼事，只是喝醉了，我先走了！」

這些傭人自然不知道周宣在顧建剛心中的重要性，只是把他當成顧家的客人罷了，客人要走，主人又都喝醉了，剩下那些女主人對周宣又不熟，自然是由得他了。

離開了顧家，周宣倒是感覺到輕鬆起來，搭了輛計程車，在車上又給魏海洪打了個電話。

「兄弟，昨天晚上顧園給我打了個電話，說是你喝醉了，在他們家休息，所以我也沒再給你電話，怎麼，現在想回來酒店嗎？你等著，我過來接你吧！」

「不用，洪哥，我已經離開顧家了，正在計程車上，一會兒就到了！」

魏海洪馬上又說道：「你不用回酒店，我現在不在酒店。你記一下，我在別的地方，你搭車直接過來就行了。」

周宣一邊應著，一邊又對開車的司機說了魏海洪所在的地址。司機點點頭，把車往另一個方向開去，顯然他知道這個地方。

周宣就不清楚了。香港的地方他沒有一個是曉得的，剛開始認識魏海洪的時候，跟他到

過公海賭船上，那次是應該最接近香港的一次吧。

司機沒有多話，只顧開著車，隨後又打開了收音機，周宣沉浸在柔柔的歌曲中。不知不覺中，司機停了車，轉頭對周宣道：「先生，到了，四十五塊，謝謝！」

司機說的是港味很足的普通話，但周宣聽得明白，其實就是完全用粵語說，他也能聽懂，畢竟在南方打了那麼多年的工，很多話雖然不會說，但卻聽得明白。

掏出皮夾來，周宣才發現，自己的皮夾中沒有港幣，只有人民幣，不好意思掏了一百塊錢問道：「司機大哥，不好意思，我沒有港幣，人民幣可以嗎？」

心裏還在懊悔著，前天顧園給自己三億的港幣，怎麼就沒想著留點現金在身上用呢？

司機笑了笑，接了錢，一邊找錢，一邊說道：

「當然可以，我們現在可以直接到深圳去。我一個星期就會過去一次，那邊的東西又便宜，又近又快，我有空時還會去那邊的超市買菜！人民幣現在在香港也是通用的，不過我這兒沒有人民幣找給你，五十港幣，先生可是要虧一點啊！」

周宣笑笑道：「沒關係，多少就多少吧。」說完接了錢，看也沒看隨手塞進褲袋中，然後開門下了車。

這一帶很偏僻，四周都是正在修建中的大樓，靜悄悄的，聽不到什麼動靜。

周宣感到有些奇怪，既然是新修建中的大樓，怎麼會沒有工人施工呢？再回頭，那個載他過來的司機已經調頭開著車離開了，周宣只得又拿出手機給魏海洪打電話。

就在掏出手機的時候，周宣忽然感覺到極為不安，似乎有極大的危險在向自己靠近！

自從周宣擁有冰氣異能以來，冰氣越發精進，而在周宣有危險的時候，冰氣似乎能像有思想一般來提醒他。

而現在，周宣就有這種感覺，雖然不知道是什麼危險，但就是覺得不安。周宣緊張地凝目向四周望了一遍，在眼力能看到的地方，沒有發現有什麼不對的地方。

周宣正在猶豫時，耳中忽然聽到一個尖利的聲音，猛然間，自己手臂如電擊一般！

周宣沒有經歷過這種情況，呆了呆，低了頭瞧著自己的右手，這才發現右臂靠肩處的衣服上穿了一個洞，洞周圍的衣衫上儘是鮮紅的血跡，而洞口中，鮮血也正噴灑而出！

中槍了！周宣當即明白，自己中槍了，因為以前從沒被槍彈打過，不知道是什麼滋味，現在嘗到了！

周宣急伸左手按住自己右臂中的槍傷口處，因為腦中那股危險的感覺仍然存在，不敢怠慢，趕緊往邊上的大樓下閃過去。

就在他閃開的那一剎那，又是一聲尖利的響聲，不過這一槍沒有打到周宣身上，而是打在了左側的牆上，濺出幾星火花！

從這個方向，周宣馬上估計到開槍的人是在正右前方，腦子中無暇細想，直奔左邊的大

樓竄過去，躲在一堵牆後，周宣才急促喘了幾口氣。

這個時候，腦子中的那股危險感覺才消失了，但緊張感卻依然存在，而周宣也知道，危險感覺消失並不代表危險就真正消除了。

只因爲他躲在牆背後，右前方的槍手瞄不到他，冰氣感覺到的只是直接的危險，而不是潛在的危險。

周宣趁這個空檔，趕緊把冰氣運起來，在右手臂靠肩處，一顆子彈頭正卡在臂骨中，這一槍傷勢還不輕，不知道是不是周宣冰氣的原因，反正他的骨質要比普通人硬實得多，如果換了其他人，這一槍只怕就把臂骨打斷了！

傷勢不輕，周宣只覺得鑽心的疼痛。咬了咬牙，周宣用冰氣先把彈頭轉化吞噬了，然後才盡力恢復起傷勢來，由於全力施爲下，傷口處的血流很快便阻住了。

周宣心如電轉，馬上又爲魏海洪擔心起來，剛才襲擊他的人，絕不會是普通的打劫者，因爲他是第一次來香港，在這邊不可能有仇家，他也沒有得罪到有這種能力的仇人吧？

如果是單純的搶劫，那就會持槍出來直接搶錢了，哪會躲在暗處開槍？而且手臂中所中的槍彈，周宣冰氣測到，不是平常見過的手槍子彈，剛剛他在外邊看了一下右前方，那一面也是一棟大樓，距離自己這個地方至少超過了五百米，這個距離不是一般手槍能達到的，一定是狙擊手！

如果出動的是狙擊手，那這事就不簡單了。

周宣一急起來，也越發擔心起魏海洪的安全來。

傷口的疼痛在冰氣強烈的恢復下，短短時間中就恢復了六七成，但這個時候容不得他來慢慢療傷，因爲他十分擔心魏海洪的安危。

周宣忍痛拿出手機，撥了魏海洪的手機號碼，撥號的聲音響了幾下，然後接通了。

在接通的那一瞬間，周宣不由自主鬆了一口氣，洪哥是安全的！

「洪哥，你……你還好嗎？你在哪兒？」電話一通，周宣就急急地問道。

「嘿嘿嘿，魏海洪麼，現在在我手上！想要他安全，嘿嘿……」手機裏傳來的不是魏海洪的聲音，而是一個低沉的陌生男子聲音。

周宣呆了呆，隨即急道：「你……要多少錢？你說！」

對方花了這麼大的心思，想必是爲了錢吧，如果不是爲了錢，還能爲了什麼？

「錢，老子當然要，嘿嘿，不過老子覺得還不夠，你出來，老子還要你這個人質，再讓你跟魏海洪的家人準備錢！」

對方的這些話又讓周宣愣了一下，有了魏海洪還不夠麼？如果他們只是要錢，哪怕就只有魏海洪一個人，要多少錢，他也會籌到這筆錢啊，怎麼會說人質還不夠？

不過周宣根本沒有時間來細細尋思考慮，當即回答道：「好好好，我馬上出來，但你們不能傷害洪哥，否則你們一分錢都拿不到！」

其實整件事情都很突然，也很蹊蹺，但周宣沒有時間來細想！

周宣轉過牆角走出來，沿著右前方的空地走了幾步。

就在他走出牆角的時候，一開始那種極度危險的感覺又籠罩在了周宣的身上！

周宣馬上明白到，那支狙擊槍又對準了他，只有在這種最直接的危險中，冰氣才越發強烈地受到刺激，又因爲這種感覺跟剛才被槍擊的時候一模一樣，所以周宣知道，這個槍手又把槍口對準了他。

只是不明白的是，這個人會不會再開槍？應該不會吧，剛剛自己還跟他們一夥人通過了話，只要自己依著他們的吩咐，應該不會馬上就開槍的。

但周宣估計錯了，就在他慢慢往前走的時候，危險的感覺越來越強，甚至連頭髮和全身的毛髮都豎立了起來，當然這種感覺也只有他自己才明白。

接著，又是一聲尖銳的響聲，聲音未到，周宣冰氣已經接觸到空氣中子彈破空而至的強勁穿透力！

子彈速度太快了！

周宣要用冰氣轉化一顆子彈那是輕而易舉的事，但冰氣在三十米外接觸到這顆子彈的時候，冰氣就需要急速轉化吞噬，但子彈的速度太快，在他剛剛傳達出自己的命令時，子彈就已經射到了胸口！

子彈的衝擊力與冰氣的護體功能一相撞，子彈頭穿進胸口半寸時，周宣的冰氣終於將其完全轉化吞噬掉，但全身受到的震盪也無比巨大，口一張，一大口鮮血噴出來，跟著就仰天栽倒！

周宣身體這一下子受到了嚴重的內傷，倒在地上後，身體不敢再做動彈，因為對手肯定正緊緊握槍盯著他，如果他稍有動彈，估計對方就會再補上一槍！

而這個時候，周宣賭的就是這個槍手的自信，估計槍手相信這一槍是致命的。

周宣雖然閉著眼，受了傷，但卻遠沒有表面那麼重，也並不致命，所以冰氣損耗並不太大，所消耗的只不過是剛剛恢復的右手臂上的槍傷。

冰氣也探測到，胸口的這一槍正在心臟上。如果不是周宣在最終那一剎那將子彈轉化吞噬掉的話，那麼子彈只要打中心臟，三秒鐘內，周宣就會變成一個不折不扣的死人！

好在，子彈鑽進皮膚半寸的深度，便被周宣用冰氣化解掉了，但從外表看起來，這一槍已經在胸口，在心臟上開了一個洞，一槍正中。這種傷，無論如何也是活不了的。

而且傷勢很明顯，胸口上湧出的鮮血雖不算太急劇，但也染得胸口一片血紅，如果不經過詳細檢查，沒有人相信，傷口就只有半寸來深！

當然，對手肯定是不知道周宣的能力的。與周宣最親密的一些人或許知道周宣有些奇特，但卻不知道周宣到底有什麼樣的能力。

最清楚周宣能力的無疑是傅盈，但就算是傅盈，也不清楚周宣的能力到了哪種程度，即使是周宣自己，他的冰氣到底會給他帶來什麼新能力，他也是說不清的。

這個槍手肯定不知道這些，而周宣賭的就是這一點，要是再來一槍，那周宣鐵定就完蛋了！

如果再來一槍，周宣就再沒有能力化解掉了，剛才那一槍，已經讓他損耗嚴重，近距離轉化吞噬是可以，但再來一顆急速射出的子彈，周宣可是沒有能力再化解了！

不過，周宣賭對了！因為，身上籠罩的那股危險氣息終於消失了！

對方的狙擊槍不再對著他，所以危險訊息也隨之消失了！

此刻，冰氣的能力也消減了不少，探測的距離也只能達到十七八米遠了，他就這樣躺著不動，周宣也不敢把胸口的傷口恢復，怕只要有一點不對的地方，也許就會引起對方的懷疑！

除了不敢恢復胸口的傷口以外，周宣把冰氣盡全力運行起來，完全屏住了自己的呼吸，如果對方從外表和呼吸方面來檢查的話，周宣絕對就是一個死人了！

因為冰氣的能力，周宣能停止呼吸達到半個小時之久，像現在沒有水下壓力的環境中，周宣還可以偷偷換一下氣，這樣算起來，能讓呼吸停止的表面現象至少可以超過一個小時，這要瞞過對方，那還是綽綽有餘的。

大約過了四五分鐘，周宣聽到了腳步聲，是兩個人的。腳步聲挺重，從腳步聲的距離來估計，大約有六七十米遠。冰氣探測的距離還達不到這麼遠，在冰氣狀態最佳的時候，周宣也只能達到身周五十米的範圍，當然，如果借助鋁銅金銀等導電性能好的工具，冰氣就能達到千米以上。

但現在這個地方，周宣的冰氣就只能測到十七八米的距離，等到腳步聲到了二十米以內的地方，周宣忽然吃了一驚！

原來來的並不是兩個人，而是三個人！

周宣有一種直覺，那個他聽不到腳步聲的人，就是剛剛開槍的那個人！

這個人中等身材，三十來歲年紀，相貌很普通，放在人群裏毫不起眼，但周宣的冰氣測到，這個中年男子衣服底下有一身結實肌肉，從骨架可以發現，這個人是個會武的練家子，走路一點聲音都沒有，腳底極輕巧，所以周宣沒有聽到他的腳步聲。

但走進周宣冰氣能測到的範圍時，就瞞不過他了。

另外兩個人是普通人，無關緊要，打手而已，周宣把注意力完全集中到了那個中年男人

身上，同時也把呼吸完全屏住，身體上各處不再有絲毫動靜。

周宣以前沒有做過這種事，還不知道，現在運用冰氣一做，整個身體就真跟一具屍體一樣了，連體溫都急劇下降！

以前周宣在天坑洞底，無論在水中或海裏，都只需要屏住呼吸，不需要隱藏生命跡象，所以並不知道冰氣還有這種功效。

三個人走到近前，那個中年男子沒有拿狙擊周宣的狙擊槍，而是握著一支手槍，走到近前後，很小心地先檢查了一下，用槍管挑住周宣的下巴，然後又用手在周宣的脖子上試了一下脈搏！

幸好周宣冰氣的奇特能力把心跳都給掩飾住了，否則這一下怎麼瞞得過去？這個人還真是可怕，周宣胸口那麼明顯的槍傷都不能讓他鬆懈！

檢測確定後，這個中年男子才對另兩個人吩咐道：「抬走！」這個時候，周宣可以確定，這個人終於對他完全放鬆了警惕，當他是一個死人了，另兩個人則彎腰抬起了周宣。

周宣在這時倒不擔心了，雖然那個中年男子很可怕，但現在一切又都在周宣的掌握之中。如果周宣出手的話，可以在一剎那間把這三個人人間蒸發掉，那個中年男子根本就不可能再有機會開槍！

不過周宣不會動手，因爲他想瞧瞧這幾個人會把他抬到哪裡，他想多知道點背後的秘密，看到底是什麼人在背後策劃。

周宣絕不相信這是一起簡單的傷人案，剛剛對方在電話裏還說了，要他做人質，但把他騙出來後卻又斷然下殺手，這就不可能是簡單地爲了錢財了！

如果是爲了錢財，那麼對方肯定不會對他下殺手，都撕票了還怎麼敲詐勒索呢?!到底是什麼人出手這麼狠，一定要他的命呢！

周宣確實想不到，他也只能等待，等待看有沒有機會知道更多的真相，如果這些人只是把他抬到毀屍滅跡的地方處理屍體，那他就只能出手了。

中年男人陰沉著臉走在前面，兩個手下抬著周宣走在他身後。

穿過五百米長的街道，走進了右前方一棟二十多層高，但沒有任何裝修的樓房工地裏。在一層偌大的空地中，周宣聽到了七八個男人說話的聲音，只是距離還遠，冰氣探測不到。

等到了二十米左右的範圍以內，周宣馬上就測清楚了，除了現在這三個，這裏還有七個男子，除了其中一個綁著的，其他人沒有一個是周宣認識的。

被綁在水泥柱上的就是魏海洪，魏海洪給蒙了眼，嘴上貼了膠布。

他探測到魏海洪是活著的，沒有受到什麼傷害後，周宣放心了些。這時他準備想聽聽這些人到底會說些什麼！

那兩個人走上前，把周宣扔到地上，周宣的身體在地上就跟死屍一樣，沒有半分生命跡象。

中年男子對在場的人沉聲道：「這個人已經死了！」

其中一個男人上前對周宣踢了一腳，又用腳踩了踩，然後呵呵笑道：「這就死了？不是都把這傢伙說得跟個神仙一樣，怎麼就這麼容易幹掉了？」說完，嘿嘿笑著又補道：「看來啊，這聞名還真不如眼見啊，老三，通知老闆！」

周宣心裏一緊！果然還有後臺，不知道這些人的後臺究竟是什麼人？也不知道他們明不明白魏海洪的身分，要是明白的話，就沒有一丁點顧忌嗎？

接下來，又有一個男子用對講機說道：

「老闆，姓周的死了，給威哥一槍正中心口！」

「知道了！」對講機裏傳來一聲低低的男人聲音，接著，對講機裏「喀喀」一響，似乎是關掉了對講機。

這個一閃即逝的男子聲音，周宣覺得似乎相識，但印象又很模糊，一下子想不起來，不知道這個對講機裏說話的男子，也就是這些人所謂的老闆，會不會現身出來？

周宣一邊考慮著，一邊緊張地注意著在場的所有人，如果到了必要的時候，他是肯定會下殺手的。

也由不得他心軟，這些人可沒跟他講仁慈。好在，現在的他，是站在了有利的一方。對方已把他當成了一個死人，沒有了防備之心，而周宣也探測到，在場的這些人也都處在他冰氣能達到的範圍內，以他冰氣的能力，他有把握在一瞬間把這些人制服。

應該不是制服，而是把這些人弄成沒有反擊能力的廢人。

周宣沒有失望，兩分鐘時間不到，他就聽到了另外兩個人的腳步聲，只是這聲音還在他冰氣控制的範圍外，所以他並不清楚，再過來的是不是還有更多人。

這兩個人走得很慢，周宣在焦急中數到了二十五的時候，這兩個人才走到了近前，進到他冰氣控制的範圍內。

這次還真是只有兩個人，而且這兩個人還是周宣認識的人！

一個是莊之賢，一個是馬樹！

周宣暗暗吃驚，這個莊之賢真是瘋狂，他應該知道魏海洪的身分吧，就不擔心會惹出大事來？莊之賢知道魏海洪的身分還這樣幹，那後果就可怕了，這莊之賢怕是已經成了一條瘋狗。

莊之賢嘿嘿冷笑了笑，說道：「馬樹，這個周宣有你說的那麼厲害嗎？我瞧也就是贏了你一局牌吧，再厲害，還不是照樣給阿威一槍斃了，現在不也跟一條死狗一樣了？」

馬樹沉吟了一下，然後彎腰低頭，周宣以為他要再探探自己的心跳脈搏，當即把冰氣全

力運起，讓心臟靜止，把脈息全部掩蓋住。

馬樹手伸到周宣脖子邊時，沒有探他的脈，手腕一動，一支針管順著衣袖滑出來。

這一下周宣沒有意料到，馬樹在這一瞬間，把針管插進周宣的脖子中，把一針管的藥水全部打了進去。

第一五六章
幕後黑手

莊之賢盯著躺在地上的周宣，周宣這時再也沒有一丁點的能力。
莊之賢很恨，就是這個小子，把他的計畫全盤毀了，
不僅十億沒拿到，連自己的十億也丟了，
這個錢，當然是要拿回來的！

周宣確實大意了！這藥水極爲猛烈，沒等他運用冰氣來化解就已經麻醉了他的神經和身體，無法再動彈！

那個叫阿威的槍手吃了一驚，趕緊竄上前問道：「怎麼了？」

馬樹嘿嘿冷笑道：「槍傷是假的，這個周宣也是在裝死，你現在再測測心跳看看？」

周宣立時後悔不已，千算萬算，還是算錯了一著！

他忘了這個馬樹是會讀人思想的，自己受了傷，冰氣能力大降之下，就沒再注意這個馬樹，誰知讓他讀到了自己的思想，自己做得再逼真，可腦子裏的活動卻是沒法掩飾的！

被馬樹一針藥劑打入過後，周宣的身體極速麻醉，整個身體除了思維外，就連一根汗毛也動不了！

這種感覺很難受。周宣還從沒有遇到過這種情況。以前，再危險的事，也沒有讓身體受過多大的傷，不像今天，首先被那個槍手威哥傷了，而且還不敢恢復傷勢，緊接著，馬樹又看破了他，這一針麻醉劑的侵入，更是讓他徹底失去了運用冰氣的能力！

現在，周宣的身體完全僵凍，毫無知覺，當然就使用不了身體裏的冰氣，失去了冰氣對身體的控制，周宣身體裏的生命機能立時便顯露了出來。

威哥見到馬樹的行動和說話，刹那間吃了一驚，隨即奔過來檢查周宣。還沒用手試探便已清楚見到，周宣胸口一起一伏的，嘴也微微張開呼吸著，不禁呆了一下！

很顯然，周宣此時的身體已經被麻醉，無法自主。

這個麻藥也太厲害了，連冰氣都沒法再做絲毫行動！

威哥呆了呆，然後再伸出右手，用食指在周宣胸口的槍傷口處一探，馬上便瞧出周宣這個傷口只入半寸，不過是點皮肉之傷而已，子彈根本就沒射入，不禁奇怪了！

當時，他可是用狙擊步槍上的望遠鏡瞧得清楚，這一槍正中胸口，難道沒有打中？一切都是這個周宣在做戲？那這個周宣就真的太可怕了。

威哥心裏想，也許這一槍根本就沒有打中，只不過是周宣在做戲而已，但威哥骨子裏還是不願相信，他對他自己的槍法還是有把握的。只是周宣就是擺在他面前的活證據，無情地把他的自信撕了個粉碎！

瞧著馬樹那嘲弄的眼神，威哥背心上忽然冷汗直流！他的槍法從來都是百發百中，可今天第一槍就莫明其妙偏了，第二槍瞄準正心口，但這個周宣竟然就閃開了?!

奇怪，狙擊步槍子彈的速度比手槍和衝鋒槍子彈更快，人怎麼能閃得開呢？

馬樹瞟了一眼這個冷峻的槍手威哥，鼻子裏哼了一聲，心想，這個只信自己槍法的傻瓜，你的槍法對付普通人是沒問題，但要對付周宣這樣的人，要不是我給他打了麻醉劑，咱們都得吃大虧！

馬樹雖然並不知道周宣的特異能力到底是什麼，但從前次那些打手保鏢的事情上了解

到，這個周宣，怕是有暗中能將物體消失的能力，因爲其中兩個保鏢的手指頭莫明其妙的就自動斷掉了，而且除了周宣奪過去的兩把手槍外，其他人的手槍子彈全部是空包彈，這當然不合情理！

馬樹在事後把所有人手槍裏的子彈都收回去一顆一顆的檢查，發現每顆子彈裏的火藥都沒了，子彈絕對是沒有拆開過的原裝貨，但爲什麼子彈裏面的火藥卻沒有了呢？

難道是假子彈，只是有個外殼？馬樹當即否定了這個想法，子彈是真的，只是被周宣用能力消失了而已，這樣看來，周宣的能力就是能暗中消失物件，還包括活體，這從那兩個人斷掉的手指頭就能看出，一想到這個，馬樹就不禁暗暗害怕！

世界上真會有這種奇人？馬樹是難以相信的，但又不得不信，大千世界，奇人百出，他自己不就是一個奇怪現象嗎？

馬樹在那天的事後，努力想了很多，最後還想起一件事來，那就是那副撲克牌，他把牌收集後一清數，果然少了幾張。

從各方面的蛛絲馬跡來觀察，馬樹可以肯定，周宣是有特殊能力的，而且他的能力還很強，不僅能暗中觀察到一定範圍以內的任何物體，也能消失任何物體，只是還不能改變，要不然的話，他就可以直接改變牌面，而不用弄沒其中的牌了。

這個能力是要遠比馬樹的能力強大的，馬樹當然也不是僅僅只能用眼睛來讀心，其實他不用看也能讀心，只是這樣就太耗精力，也有距離限制，而且只能在一米以內，比用眼讀心所損耗的精力要大上一百倍。

因此，馬樹在彎腰接近周宣的那一剎那，讀到了周宣的腦波，也馬上就識破了周宣是在裝死，所以準備好了的麻醉針劑猛然出手，讓周宣猝不及防！

而這個麻醉劑，是用來專門對付鯨魚、鯊魚之類的大型海洋生物的。如果拿來對付獅虎猛獸，有這一劑的百分之一就能將十隻獅子麻醉三個小時，如果是這一針的總量拿來麻醉一頭獅子的話，那這頭獅子必死無疑。

麻醉劑的分量會將牠麻醉到死，都不能動彈。如果是人，那就更不用說了。麻醉劑的分量太重，會將人的所有生命細胞都消滅掉，這就不是麻醉，而是直接殺死了！

但周宣受了這麼一劑連鯨魚都會被麻醉的大劑量，心跳和呼吸卻仍正常，並沒有掛掉，這讓馬樹又心驚又嘆服！

周宣的能力，馬樹也只偷偷告訴了莊之賢一個人，所以也只有莊之賢跟他兩個人才略有明白。

莊之賢盯著躺在地上的周宣，周宣這時自然也不用再裝了，實際上他也裝不了，除了還有氣息，還有一點昏濁的眼神，他再也沒有一丁點的能力。

莊之賢很恨，就是這個小子，把他的計畫全盤毀了，不僅十億沒拿到，而且連自己的

十億也丟了，這個錢，當然是要拿回來的！

周宣雖然不能動彈，但腦子裏還是竭力想著，莊之賢和馬樹究竟會將他們怎麼樣，會是殺了還是勒索？

要說勒索的話，周宣想不通的是，他們為什麼要對自己下殺手？如果把他殺了，一個死人顯然是不大可能會勒索到多少錢。像莊之賢這樣一個貪婪成性的人，絕不可能會損失一大筆錢而不想要拿回來！這不合理。

當然，這只是周宣想不通的地方，並不是不合理，而是馬樹和莊之賢設計好的計畫。因為馬樹也不能肯定周宣的能力，所以就跟莊之賢設計好，先綁架魏海洪，然後引周宣中計。只要周宣中計過來這個地方，就用威哥射殺周宣。

如果周宣有他們想像的那般超強能力，那威哥就絕對殺不了周宣，那麼就進行後面的第二步計畫，也就是馬樹利用他自己的能力再對周宣突然下手，這才有意想不到的功效，而周宣確實也中計了！

如果周宣沒有那樣的能力，而是馬樹和莊之賢估計錯了的話，那就是白死了。死了就死了，莊之賢也不可惜，讓他損失了那麼大一筆錢財，死了都不能解恨。

看到周宣的樣子，威哥暗暗心驚，到現在他都搞不懂，周宣是如何躲開他的子彈的，有心想要問明白一下，但周宣顯然是回答不了他的話。

莊之賢與馬樹對望了一下，陰沉著臉想了想，然後擺擺手，對在場的人說道：「都到樓外邊等著，把車準備好！」

威哥也有些不解，但他並不是莊之賢圈子裏的人，他只不過是莊之賢請來的槍手，也不想在莊之賢的手下面前表露太多，便悄悄溜到了樓外。

莊之賢肯定是有私事要辦，不想在他們面前做。

等八九個手下和威哥都退出樓外後，現場就只剩下被綁著的魏海洪，被麻醉的周宣，和站著的馬樹和莊之賢四個人。

馬樹想了想，又取出一管針劑，直接在周宣胸口扎下去。

周宣恨恨地呼了一口氣，很是懊悔，剛剛似乎凝聚了一絲的冰氣，雖然不足以制人，但可以借機慢慢恢復冰氣以及身體的機能，但到底是因為身在這樣的險境中，受傷加上麻醉，以及對險境的顧慮，所以沒能考慮到在一旁的馬樹，忘記了這個心腹大患，腦子裏剛剛的一絲希望就被他發覺了！

看來得好好控制一下自己的腦中思想了。

這個馬樹雖不能像他的冰氣一樣化解吞噬物體，但卻也是防不勝防，一個人隨時都有可

能被別人偷看到自己的想法，哪還有什麼安全可言？

馬樹在給周宣扎了一針後，才對莊之賢訕訕道：

「莊少，這傢伙太可怕了，那麼重的劑量，居然這麼短時間內又可以慢慢恢復，看來得每間隔半小時就給他補一針！」

莊之賢嘿嘿一笑，伸手在周宣的身上搜出手機來，然後打開電話簿仔細翻看。

在找到了需要的目標號碼後，他撥通了手機，又按下免持鍵，讓周宣可以聽到。

「喂，周宣，你幾時回來呀？我爸媽打電話過來，說我祖祖下周先過來這邊，一直要待到我們結婚。下個月我爸媽也會過來，在結婚的那一周，我爺爺也會趕過來，我想啊，就讓祖祖住家裏，反正地方寬，要是住酒店，我可不放心！」

電話裏，傅盈沒讓周宣說話，只是自己說了一大串，然後才準備聽聽周宣的意見。

莊之賢咳了一聲，然後嘿嘿輕笑了一下，說道：「你好，是傅盈傅小姐吧？我是周宣周先生的朋友，周先生跟魏先生都喝醉了！」

「喝醉了？」傅盈詫道，有些不相信，周宣可是不喝酒的，但也沒太在意，因為她知道周宣是跟魏海洪在一起，應該不會有什麼意外。

「是在酒店還是哪裡？」傅盈想起來又問了一下。

「不是在酒店，是在我家裏。」莊之賢沉沉地說著，然後話頭一轉，又道：「傅小姐，我有幾個朋友是做國際名牌服裝的，周先生也跟我說過了，說是想給你買一些結婚的服裝和用品，想要你親自過來挑選一下，但他現在喝醉了，要不等他酒醒了再給你……」

傅盈馬上笑吟吟地回答道：「不用等他醒來再回話了，要等，那不是得明天嗎，這樣吧，我現在就搭機飛香港，過來後再給你電話，謝謝你了，拜拜！」

傅盈一聽到說周宣希望她到香港，又是置辦結婚用品，早樂開了懷，根本就沒想到其他的，一顆心早飛到香港了。

周宣雖然不能動，卻聽得十分清楚，心中大急，自己還無所謂，本來洪哥落在他們手中，已經是麻煩事了，現在如果再多一個傅盈，那可真不知道會是什麼結果了！

這次不比以前的任何一次，以前對手不知道周宣的能力，對他沒有任何防備，但現在，莊之賢和馬樹已經知道周宣有不可思議的能力，又制服了他，對他有了周密的防備，讓周宣也無可奈何！

如果盈盈再落入他們的手中，那會怎麼樣？

周宣情急得直喘氣，忽然間有了一種恐懼的感覺，因爲盈盈，他恐懼了！

莊之賢陰陰地盯著周宣笑了笑，說道：

「姓周的，縱然你很特殊，但你做錯了一件事，你不應該得罪我！」

莊之賢說完，拿出對講機又叫了兩個手下過來，吩咐他們把魏海洪帶走，至於是帶到什麼地方，周宣也沒辦法開口問，但肯定不是帶出去放了！

接下來，莊之賢又叫了兩個人進來，讓他們把周宣抬到樓外停放的一輛麵包車裏，跟著，莊之賢和馬樹也上了車。

車裡加上司機就五個人，上了車後，莊之賢揮手令手下開車，然後對馬樹說道：「你盯著姓周的，一有動靜就給他加一針，在香港境內不能出任何差錯！」

「我知道，莊少就放心吧！」馬樹點頭回答著，一邊注意著周宣。

周宣這時正靠近他，腦子裏的一舉一動都逃不過他的監視。當然，因爲不靠眼讀心太耗精力，所以馬樹現在就只是用眼盯著周宣。

周宣幾乎是無計可施。要說對付馬樹的讀心術也不是沒有辦法，一般來說，只要比馬樹的腦控能力更強，就能自築一道防禦腦牆，馬樹就攻不進去，但問題是，周宣現在根本使用不了冰氣，沒有冰氣，他就完全沒有了能抵抗馬樹讀心術的能力！

不知道這車要開往哪裡，也不知道莊之賢這一夥人會將他帶到哪裡！

周宣心生懼意，盈盈雖然身手了得，但絕不是莊之賢的對手，什麼人都好防，就是小人難防。從這幾次的短短交鋒，周宣就瞭解到，莊之賢絕對是爲了目的而不擇任何手段的一個人，只要能達到目的，就算是他親爹老子，他一樣也能出賣。這樣的人一旦瘋狂起來，那更是可怕。

馬樹也一直緊盯著周宣，大約每隔半小時就給他打上一針，也不知是第七針還是第八針的時候，周宣終於挨不住了，神智完全昏迷過去。

馬樹也越發地吃驚，這個麻醉藥劑的猛烈他可是清楚得很，如果是一般人，只用這一針的十分之一劑量，都必死無疑，更別說是一整管，而且還是每隔半小時就加一針！換了他自己，肯定死得渣都不剩了！

周宣再醒過來的時候，也不知道自己昏迷了多久，腦子一有思維，猛然驚想起自己眼下的處境，莊之賢，馬樹，魏海洪，盈盈，接二連三都飛進了腦海中！

一想到盈盈和魏海洪的險境，周宣冷汗又淌了下來，他不知道自己現在身處何方，也不敢睜開眼來看一看，便先偷偷運了運冰氣。

還好，冰氣竟然可以運起一丁點，雖然不足以轉化吞噬，但也可以借助這一丁點冰氣來凝聚剩餘的冰氣，再試了試身體，居然也有些微的知覺，而不像一開始被麻倒後全無知覺的那樣。難道是莊之賢和馬樹看到他昏過去了就對他放鬆警惕？

但不管是什麼原因，周宣都得抓住這個機會自救！

但周宣還沒行動，便聽到耳邊馬樹的話聲：

「周宣，別裝模作樣了，我知道你已經醒過來了，莊少有話要問你呢！」

周宣心中一驚，原以爲自己醒過來後無人知曉，卻不知早已在對方的掌握之中！

睜開眼來，自已躺在淡綠色的沙發中，房間並不大，瞧了瞧窗外，上面是碧綠如洗的藍天，平行望過去卻是一望無際的大海！

難道是在海上？周宣怔了怔，發現房間也時不時微微晃蕩，應該就是在海上，他所在的地方原來是一艘船！

瞧這房間的樣子，應該是一艘大船或者遊艇。

他的對面坐著兩個人，靠近他的是馬樹，遠一些的是莊之賢，兩人都是一臉陰沉。

周宣暗暗再運了運冰氣。

馬樹嘿嘿笑了笑，說道：「周宣，我還是奉勸你別做那糊塗事，我們既然能明瞭你的動靜，能對你一無所防嗎？」

今天，周宣從遇到槍擊開始，一直到現在，沒有一件不被馬樹和莊之賢占到上風，事事都被卡著脖子，心裏也越發吃驚和擔心，不知道盈盈到了香港沒有，也不知道盈盈是不是安全的?!

馬樹望著周宣嘿嘿笑了笑，又瞧瞧莊之賢。

莊之賢順手拿起桌上的手機撥了個號，通了後又按了免持鍵，手機裏面立即傳來一個男子的聲音：「老闆，有什麼吩咐？」

莊之賢臉上陰陰地笑著，又盯著周宣，然後才慢慢說道：「讓那妞說句話！」

手機裏停頓了一下，似乎是有人扯掉什麼東西一樣，緊接著，傅盈的聲音就急急傳了出來：「周宣……周宣……」接著，聲音戛然而止！

莊之賢隨即關掉了手機，「啪」的一聲將手機丟在桌子上，嘿嘿笑道：「姓周的，這聲音很耳熟，沒錯吧？」

周宣臉色如土，莊之賢已經握住了他的死穴，這時候的他，已經沒辦法再鎮定得住了。

「莊之賢，你們把盈盈怎麼樣了？我告訴你們……」周宣脹紅著臉怒道：「要是盈盈掉了一根毫毛，老子就把你們人間蒸發！」

「嘿嘿，人間蒸發？」莊之賢一攤手，嘲道：「我相信你有那個能力，可是我問你，你敢嗎？」

周宣呼呼喘著粗氣，這時，身體中的冰氣已經凝聚起至少兩成的冰氣，在現在的距離範圍內，要滅掉莊之賢和馬樹絕對一點問題都沒有。

但也如莊之賢所說，他們既然敢放任他清醒而不再打麻醉針劑，那就是不怕他用異能動手！

「我再告訴你一件事情！」莊之賢陰陽怪氣地說道，「我可是跟我手下下了死令的，每

隔一個小時我給他打一次電話，如果過了一小時零一分鐘我還沒打電話給他，他立馬就先姦後殺！但若沒我的命令，他就亂動那妞，我會要了他的命！」

這意思十分明顯，周宣也清楚了他們的意思，現在放任他醒過來，不再給他打麻醉針，就是因爲有傅盈和魏海洪兩個人在他們手中。如果莊之賢超過時間沒打電話給他們，傅盈肯定就危險了。

現在，莊之賢絲毫不顧忌周宣，毫不擔心他動手。因爲，如果周宣動手對付他們的話，周宣絕沒有把握在一個小時之內能找到關押傅盈的地方，就算他搶到莊之賢的手機，按照這個電話打過去，對方一聽不是莊之賢的聲音，那也一樣會壞事！

周宣幾乎可以肯定，傅盈和魏海洪並沒有被關押在這艘船上，他要是在這兒把莊之賢和馬樹做掉了，在這茫茫大海上，他如何能在一個小時內回到陸地上，又如何能找到傅盈和魏海洪？超過一個小時後，豈不是就要出大問題了！

怔了怔後，周宣緩緩坐起身來，沉沉地問道：

「姓莊的，你直接說吧，要我幹什麼？」

「聰明！」莊之賢站起身拍著手說道，「一下子就猜到了我要你做事，不過，現在我也不告訴你，你就安靜等著，到時候自然就知道了！」

說完，莊之賢又笑謔道：「對了，還有件事你得記著，一個小時後記得提醒我，別忘了打電話出去，否則你那嬌滴滴的傳大美女就有危險了！」

周宣做聲不得，在這一陣子中，冰氣恢復得相當快，沒有了那霸道的麻醉劑克制，冰氣恢復到了六七成，由於不用再遮遮藏藏的，所以速度也快得多，身上的傷勢也迅速治癒。

馬樹一直在盯著周宣，周宣在恢復冰氣後，馬樹就算望著他的眼睛也無法再讀到他的內心了。因爲，周宣已經用強大的冰氣促動腦力築起了一道超強的腦盾，馬樹根本就無法侵入進來了。

馬樹也發覺到了，說實在的，雖然現在他們處在上風，但他從心底明白，他遠遠不是周宣的對手，這是他生平遇到的第一個對手！

莊之賢和馬樹自己不說出來，周宣也不再問，花了這麼人心思來設下這個局，也不像是只爲了報復周宣。要只是爲了報復，他就不會請威哥那麼強的殺手再來審量他的能力，直接就會提出贖金的事了，不是說他毀了莊之賢的二十億嗎，最少也得那個數字吧！

周宣心裏想，要麼就暫時聽從他們的指揮，安靜等著，這樣傅盈和魏海洪暫時也不會有什麼危險，除了等，還得儘快恢復冰氣。

周宣一邊恢復著冰氣能量，一邊注意著時間，他用冰氣就可以探測到莊之賢扔在桌子上的手機時間。

這是個很奇怪的感覺，冰氣能探測注視任何他能力範圍以內的物件，也能用冰氣轉化吞噬一切，但卻不能用冰氣移動這些東西——冰氣不能改變撲克牌面，冰氣不能去按動手機按鍵，不能把莊之賢剛剛打過的電話號碼調出來……總之，這些都是冰氣辦不到的，只能用手指！

這個時候，莊之賢當然猜不出周宣的想法，就是馬樹，也無能爲力了，他現在再也探不到周宣腦子裏在想什麼，因爲周宣已經用冰氣防護住了。

到了五十多分鐘的時候，周宣便緊張地提醒莊之賢，這件事可不能大意。

莊之賢嘿嘿一笑，說道：「周老弟，還挺癡情的嘛，嘿嘿，只要你一直這麼聽話，我自然不會傷害傅小姐。說實在的，那麼嬌滴滴的一個大美女，人見猶憐啊！」

周宣黑著臉沒說話，莊之賢見周宣不敢跟他頂嘴，心裏也沒勁，但還是給他的手下打了電話。

周宣自然偷偷運了冰氣來測莊之賢撥出去的電話號碼，只是這個號碼不是市內電話，而是一個香港的手機門號，周宣自然也不知道屬於哪個地方，就算知道，毫無頭無緒地，他也沒辦法找到傅盈和魏海洪兩個人！

但周宣還是把這個手機號碼暗暗記在了心裏，然後又運用冰氣探測了一下房間以外的地方。

這是一艘三層樓高的遊艇，整個遊艇長約六十米，周宣所處的這間房間，是遊艇前部的三分之一處，冰氣這時探測的範圍可以達到四十米，幾乎恢復了八九成！

很顯然，周宣的確身處一艘船上，這也更讓周宣不敢輕舉妄動，在沒有絕對救出傅盈和魏海洪的把握下，他不敢有所行動。

而且，莊之賢和馬樹都知道他的能力已經恢復，知道了還放縱他，那就肯定是有把握制服他，再就是要周宣做什麼事吧？

這是周宣的猜測，連二十億現金都不問，這個問題很嚴重，起碼表示莊之賢想要脅迫他做的事，比向他要回二十億港幣的事還要大，而且大得多，否則，莊之賢又何必把周宣弄到這茫茫大海中？但莊之賢卻是無論如何也不告訴他。

周宣表面上雖然頗爲鎭靜，但心底卻是更加惶恐，盈盈跟洪哥究竟在哪兒呢？只可惜自己沒有馬樹的讀心能力，不然，他就能從莊之賢腦中得到他想要知道的消息！

感覺著這艘遊艇開足了馬力前進著，周宣不知道是往岸邊去，還是離岸邊越來越遠。不過周宣希望往岸邊去，但他也明白，現實往往是事與願違的，再說，像莊之賢，就是一條壞透了的瘋狗，他能有什麼好心思？

又過了六個小時，跑得真夠遠了。

每隔一個小時，周宣就催莊之賢打電話。其間，船一直沒有停下來，顯然就不是往岸邊去了，反過來，如果是往大海深處走的話，跑了六七個小時，那最少是跑進公海裏了！

一想到有可能是進入了公海，周宣馬上就想起以前跟魏海洪一起上遊輪賭錢的往事，可當時進公海也沒有花現在這麼長的時間啊，從香港出海，已經超過了七個小時，絕對是已經進入了公海中。

三個人都在沉思著，話也很少。不過周宣是在憂慮，而莊之賢是在策劃陰謀，馬樹也是若有所思，但心裏究竟想什麼，莊之賢和周宣兩個人都不知道。

周宣也越發注意起大腦的安全，至少不會再讓馬樹從他腦子裏看出任何訊息。

第一五七章

生死關頭

周宣也很懷疑，以莊之賢這麼陰險的性格，
就算他真把這個十億美金的賭局贏下來，
這傢伙會真的放了傅盈和魏海洪？會放了自己？
他可以肯定，莊之賢不可能就這麼輕易放了他！
可以說，這就是一場生與死的選擇。

時間過得越長，周宣心裏就越沒有底。莊之賢應該是跟周宣相反的表情，但卻也有點坐立不安的味道，從這點看起來，周宣就知道，一定會有他想像不到的大事發生！

只是以莊之賢的手段，他到底會做出什麼樣的事情來？

這會兒，大家似乎是油鍋上的螞蟻，最終忍不住的還真是莊之賢。

「周宣，現在我可以告訴你了，你可聽好了！」莊之賢盯著周宣，陰沉沉地說著：

「等一下，我跟人有一場賭局，我可以明白告訴你，這場賭局總額是十億美金，我個人的出資，是我們莊氏集團價值兩億美金的股票以及十億港幣的現金，如果這個賭局我輸了，嘿嘿，你也知道我的下場是什麼，不過，我可不是個好人，這不用我說了吧，要是我輸了，你那個傅大小姐和魏海洪，可都得給我陪葬，明白了吧？」

周宣眼睛瞇了起來，難道是莊之賢要他出面替他賭一場？

十億美金，果然是遠比他們這一次的數目大得多，只要贏了這一把，剛剛輸掉的十億港幣自然就算不了什麼，但這麼孤注一擲，他就真有必勝的把握了？

周宣還沒說話，莊之賢又冷冷道：

「姓周的，我也要你明白，你必須替我把這十億美金統統贏過來，你沒得選擇，只能贏不能輸，你要是輸了，就輸掉了你親人朋友的命！」

周宣怔了片刻，然後才問道：「你怎麼保證我會贏？要是只論賭的話，怎麼不讓馬樹出手？其實他比我更合適！」

「別給老子扯淡！」莊之賢一下子惱了起來，火大地道：「他要是更有把握，就不會輸給你了。一句話，你賭還是不賭？爽快點，離打那個電話還有十分鐘，不賭的話，大家一齊死，奶奶的，老子好歹也有幾個人陪葬！」

莊之賢惡狠狠的話，周宣立即聽出他的兇殘味道來。事關傅盈的安全，他沒有迴轉的餘地，想都不用想便回答道：「我賭！」

莊之賢陰陰地道：「我不管你有什麼能力，也不管你用什麼方法，總之，你就是要贏這一局，絕對要贏！」

莊之賢顯然把一切都押在了這場賭局上，如果輸了，他也不可能翻身，只有死路一條，而周宣也一樣，如果輸了，恐怕傅盈和魏海洪就只有一個小時再多十分鐘的時間了。

周宣也很懷疑，以莊之賢這麼陰險的性格，就算他真把這個十億美金的賭局贏下來，這傢伙會真的放了傅盈和魏海洪？會放了自己？

他可以相當肯定，莊之賢在事成之後，一定會把他置於死地而後快，不可能就這麼輕易放了他！

可以說，這就是一場生與死的選擇。

周宣是在與時間賽跑，他想儘快把賭局贏下來，想儘快援救傅盈，但心裏卻又明白，也

許到了那時，說不定就是他的死期到了。

到時候，莊之賢又會怎樣對付他？

可他畢竟有特殊的能力，真要動手，難道他們就不怕被自己從這個世界上蒸發掉？

可是周宣不敢！莊之賢已拿住了周宣的致命弱點，握住了他的死穴，那就是傅盈和魏海洪，尤其是傅盈，周宣是絕不忍心讓傅盈受到半點傷害的！

沉吟了半晌，周宣才無奈地問道：「是跟什麼人賭？」

莊之賢嘿嘿笑道：「當然是跟高手賭，這個世界中，只有高手才會玩這麼大，我找來的兩個人，一個是拉斯維加斯的賭神漢克，一個是日本的千王佐藤加光，嘿嘿，我們把他們當肥豬宰，其實在他們心中，又何嘗不是把我們當成要上鉤的魚兒呢，就看誰的手段更高吧！」

周宣不認識莊之賢所說的漢克和佐藤加光，其實不認識更好，反正不管是高手還是低手，他都只能當成普通的人來對待，在目前看來，他也只能贏。

不過，在一旁的馬樹卻是著實吃了一驚，他早知道莊之賢準備了這麼一場賭局，但卻不知道他邀請了什麼人來玩這賭局。

莊之賢可是連馬樹都瞞著的，雖然馬樹也明白莊之賢請來的人肯定不簡單，卻沒料到是這麼有名氣的人！

漢克這個人，馬樹沒見過，但聽說過，以前他在拉斯維加斯的賭場也玩過，那時，馬樹只敢小贏一點，也就在那個時候聽說了漢克的大名，在拉斯維加斯所有的賭場中，漢克都被列爲賭場拒入的黑名單首位！

在拉斯維加斯玩賭的人都知道，漢克是這個賭術界的神話，知道他從來沒有輸過，也知道從來沒有人抓到並瞧出過他的破綻。

在拉斯維加斯，只要出千被人抓到，那這個人也就算完了，不被打死也會被打殘廢，而漢克，卻沒有哪個莊家會動手除掉他，只是限制他入賭場而已，原因就是沒有人能抓到他出千的手法。

抓不到人家出千，哪怕他怎麼贏，那也是正當地贏。

另一個日本千王佐藤加光，這個人馬樹卻是親眼見過，也對過一手，只是沒分勝負。其實那一局也不是真正意義上的賭，只是馬樹與佐藤加光一對面之後，竟然讀不到他的思想，這讓馬樹極爲吃驚！

通常，會讓馬樹讀不到思想的人，要麼是有強大的腦思維能力，要麼跟他一樣，也是有特殊能力的人，比如周宣，當然，周宣是他後來才遇到的。

馬樹也曾留意過佐藤與別人對局的情形，從那些現場的畫面來看，佐藤不像是一個有特殊能力的人，只是手段很厲害，有絕大可能是佐藤的腦波和控制力極強，也就是所謂的ＩＱ

很高的智慧天才，這種人也是所謂的數學超人！

其實，所有賭術歸結起來，都是一門數學學問。數學知識超強再加上記憶力超強的話，發揮在賭術上，那就是超級賭神。

不過，馬樹不是數學超人，他的IQ也不高，這樣的事他是想不明白的，只是覺得佐藤不太像有特殊能力的人，卻也沒有百分之百的把握。

只有遇到周宣，馬樹才真正認輸了，而佐藤這樣的人，他還有得一拼。

如果換了周宣，馬樹連拼都沒得拼，鐵定會輸。周宣的能力太可怕了，好在莊之賢夠陰險，當真是得罪什麼人也不能得罪小人，周宣再強，卻也鬥不過莊之賢！

這時，門上輕輕響了兩下敲門聲，然後推門進來一個男子，向莊之賢低聲彙報道：「老闆，他們到了！」

周宣在這個時候明顯感覺到遊艇速度慢了下來，幾分鐘後，遊艇就靜止了。

莊之賢興奮地站起身來，先低低地問了一下周宣：「準備好了吧？」

周宣沉沉地回答道：「準備不準備還不都這樣，我有得選擇麼？」

莊之賢嘿嘿笑道：「知道就好，你當然沒得選擇！」

周宣是不用再準備什麼的。莊之賢也不管他，反正有傅盈和魏海洪在手中，周宣不敢不盡力。自己可是跟他說得很明白了，在賭局上，他只能贏不能輸。

莊之賢吩咐手下把客人迎上遊艇，又凝神望了望周宣，見周宣面無表情的樣子，點了點頭，然後把手機拿起來，又給手下打了個電話。

周宣這時候盡全力運起了冰氣，把遊艇上的地方都探了個遍，確定傅盈和魏海洪確實沒在遊艇上，這也讓他暫時只能順從地聽從莊之賢的吩咐，一切都只能見機行事。

周宣還探測到莊之賢的手下都是荷槍實彈的，想來也不會是準備老老實實地跟人家公平地對決吧？

莊之賢當然是這樣想的，不過還是希望在賭局中能以賭術贏錢，而不希望用槍來強行解決。如果最終走到那一步，就算搶得了十億美金，以後也會是後患無窮。

賭局中的人都很依從賭界的規則，願賭服輸，如果在賭局中輸給了對手，那還是會心服口服的，如果對手用了其他手段，那自然就會引來不死不休的糾纏了。

莊之賢不是不明白，雖然他也輸不起，但還是希望周宣能用特殊能力把賭局贏下來，只是別的行動也要準備，以防萬一。

反正他輸不起，不管如何都不能輸，萬一周宣的賭局輸了，最終他才會走那一步。

在遊艇的客廳中間，擺著一張大圓桌子，莊之賢的手下早把他請來的客人安排到了這

裏。

在大圓桌子邊坐了兩個人，一個是金髮碧眼的外國佬，看樣子大約五十歲，也許更老一些，這個外國佬一雙眼睛正盯著進來的人臉上。

周宣和他對第一眼的時候，就覺得這個人的眼神像大海一樣，無邊無際的看不到盡頭。而另一個人顯然是東方人了，有著明顯的黃種人特徵，看起來有三十五六歲的樣子，這個周宣倒是肯定多了，對於長得跟自己一樣的東方人面孔，年紀比較容易猜得出來。

這個人的眼神與周宣一接觸，周宣心裏便忍不住打了個寒顫！這個人的眼神跟那個外國佬的又完全不同，外國佬的眼神裏，很有些深不可測的味道，但這個人的眼神卻是一股死氣！

周宣感覺得很清楚，就是一股子死氣，似乎在他眼睛裏看到的除了死氣，就是死氣！

這兩個人絕對不簡單！

不過，周宣就只這樣看一下，當然也看不出這兩個人有什麼本事，但人家敢來這裏跟莊之賢對局，那是明知山有虎，偏向虎山行啊，又豈能料不到莊之賢這邊也是不簡單的人物？看來今天是有好戲看了。

但周宣又焦慮起自己的事來，因爲不知道傅盈和洪哥到底被關在哪兒，而現在與下一次的電話報時又不到一個小時了，周宣雖然從心中希望莊之賢輸個徹底，但卻更擔心傅盈和魏海洪的安全。

自己的冰氣無法可施，就算把莊之賢幹掉又能怎麼樣？找不出傅盈和魏海洪的下落，他還是輸了。

大圓桌子邊有五個座位，外國佬漢克和日本人佐藤加光各占一個座位，然後就是莊之賢，周宣和馬樹這三個人的了。

漢克和佐藤也各自帶了七八個手下，爲防意外，他們的手下也各自帶了武器在身，周宣一進廳裏便用冰氣探測到了。

最後究竟會是哪一方的人輸，現在還料不到，誰知道他們會不會像莊之賢那種想法呢，說不定到最後也來個狗急跳牆！

看來，今天的賭局，這三方人，不管是哪一方輸哪一方贏，最後都可能演出一場大戲來。

莊之賢一坐下，當即笑嘻嘻地說道：「漢克先生，佐藤先生，我們就按規矩辦事吧，大家的時間都很寶貴，先驗錢吧。」

莊之賢說完，伸手打了一個響指，手下的人立即搬了十幾個箱子出來。打開箱子後，一個箱子裏是莊氏的股票，其他的箱子全是港幣現金。

漢克和佐藤都有驗證的行家，兩方的人都上前來，從箱子中間隨便抽驗，錢倒是好驗，主要是莊氏的股票，仔細驗證過後，兩個人各自向漢克和佐藤點點頭。

莊之賢在這個上面是不會做假的，因爲誰都知道，捨不得孩子套不著狼。

接著，就是漢克和佐藤的手下把錢箱在大廳裏一字擺開，莊之賢一招手，手底下便上前兩個人去驗錢。

三個人的錢，總數加起來是十億美金，堆起來就像一個貨倉一樣，所以在海上就是有這些好處，如果是在陸上任何地方，拖這麼多箱子肯定是不方便的。在茫茫大海上，這點東西就算不了什麼了。公海茫茫，別說是賭，就算你在船上堆滿了炸藥，那也沒人知道。

驗證的手下向莊之賢點點頭，帶來的都是真鈔，沒有問題。

這艘遊艇外側三十多米的地方，停著漢克和佐藤各自乘坐的船，比莊之賢的遊艇小一些，是能坐二三十個人的漁船。

周宣坐著一直沒說話，漢克和佐藤並不知道莊之賢這方會由誰上場，又或許是三個人都上，因爲賭場並沒有規定只允許一人上場，不管你請誰，只要你有本事請到那些神秘的高手，人家就願意下大賭注，畢竟，越是名氣大的高手，就越能讓下注人放心。

莊家有信心，才會下大的賭注，否則誰又會隨便就籌集幾億美金來賭？

漢克和佐藤加光也在暗暗注意著周宣。這個人對他們來說十分陌生，陌生的人才最可怕，因爲不知道是什麼樣的人，在賭局中，就需要花更多的時間去瞭解，如果時間不夠，也許就會栽在對方手上，等你明白的時候，已經太晚了。

不過，佐藤對周宣倒並不是特別關注，因爲他之前見到過馬樹，雖然不明白馬樹的能力，但卻很忌憚這個人，在心中把他當成了勁敵，而對莊之賢本人，他們則是無所謂，這傢伙不過就是一個花花公子，是個毫無信譽的小人。

其實，這個世界中，小人不就是最可怕的人嗎？就以周宣來說，一直以來，他遇到的人或事，危險經歷何其多？可再危險的事也沒有讓他如此難堪過，現在的情況比以前任何一次都要讓他難受，就算面對死亡他也沒這麼怕過，還不就是因爲莊之賢這個小人嗎？

漢克皮笑肉不笑地作了個表情，然後一攤手道：

「莊，大家來，就是爲了這個賭局，現在我們三方面的現金都驗證過了，你的股票也驗過了，就開始賭局吧？」

莊之賢嘿嘿一笑道：「當然當然，閒話少說，立刻就開始吧。我這邊由這位周宣周先生做我的代理人。不知道漢克和佐藤先生準備要玩什麼？」

漢克和佐藤居然都會說中文，而且漢克的中文頗爲流利，如果只聽聲音，還真聽不出來他是個外國人。

佐藤則稍差了些，語氣還有些生硬：「選賭局吧，我看挑什麼玩法就由莊先生的代理，周先生來決定吧！」

佐藤倒不是大方，而是藝高人膽大，既然到了莊之賢的遊艇上，那就根本不擔心人家會用什麼賭具玩法。

漢克跟佐藤的想法也是一樣，他跟佐藤可都是江湖上極有名氣的高手，玩賭的高手通常是每一類玩法都會有極深的研究和造詣。在賭局中，不可能每場都由他們自己做好準備，弄好假器具的。所以，到哪裡都能自如應對，隨心所欲，這才是真正的高手。

漢克很禮貌地把手一攤，對周宣說道：「周先生，請！」

周宣望了望莊之賢，莊之賢一副無所謂的表情，他哪知道周宣最拿手的玩法是什麼？反正其中的利害，周宣又不是不知道，玩砸了是什麼後果，不需要他再提醒，再一個小時的時間一到，自己可是看情況辦事的，周宣清楚得很。

賭局沒結束，莊之賢仍會打電話，如果賭局結束了，周宣知道，不管輸贏，莊之賢絕不會好心地按照協商的條件來做，現在只能拖時間，以便在有限的時間內找出對付莊之賢的方法！

「玩搖盅子吧！」

周宣心想，玩其他的容易露出破綻，比如像撲克牌，要是自己想得到想要的牌面時，就必須轉化吞噬掉一些牌，這樣，牌的總數肯定就少了，如果玩骰子，這個漢克和佐藤夠高手的話，大概也能聽得出點數，最好是大家每一把都賭個平手，這樣才能拖延時間，莊之賢也才會忍耐下去。要是自己輸了，他肯定就爆發了，要是自己贏了，那也不是好事，他立刻就會拋棄自己下殺手，而自己又被他抓住了軟肋，無法可施。

漢克笑了笑攤手道：「客隨主便，周先生挑了骰子，那就玩骰盅吧，佐藤先生呢？」

佐藤加光點點頭，微微示意，表示就依周宣的決定。

莊之賢一招手，手下就捧上了骰盅和三顆骰子，先放在了漢克和佐藤面前，請他們驗賭具。

這個驗證，漢克和佐藤就不會讓手下人代勞了，兩個人都瞧了瞧骰子，把骰子拿到手中審了審重量。

佐藤向漢克點了點頭，然後又伸出手指在骰盅上輕輕彈了一下，骰盅的聲音有些脆，骰盅也是精製的，裏面還有一些特殊材料，這是防透視的。

他們都是賭術高手，自然明白現在的高科技賭具，通過隱形眼鏡或者其他工具，都是可以透視的。

不過，每一種可以透視的賭具都需要相應配套的工具才能得到想要的資訊，比如通過特

殊材料製成的透視骰盅吧，那就要透視鏡做的隱形眼鏡，戴上後不容易被人發覺。不過，行家都能檢測出器具的真假。

超強的高手是不會做在很明顯的賭局上的，比如骰子，目前有遙控骰子和水銀骰子，水銀骰子是老手老玩法，通過手擲來控制點數，但現在這樣玩的人已經很少了，幾乎沒有，遙控骰子知道的人太多，而且成本低，用的人太多，瞞不過人。

而較高段的行家，則會在骰子裏放置發熱的電子儀器，雖不能遙控，但能通過熱感應儀器探測出骰盅裏的骰子點數。

不過，熱感應顯像器可不是隨便什麼人都能擁有的，這種工具只有軍方才能配置，而且熱感應顯示器不能做成眼鏡或者隱形眼鏡之類的小配件，只能藏於另一處，然後通過通訊來傳遞探測到的資訊，中間的過程一多，其實就容易露出破綻來。

像漢克和佐藤這樣的級別，自然是不屑於玩這麼低級的手法的，這一套賭具一過他們兩個的眼手，立馬就知道是實打實的賭具，沒有虛假。

只是漢克又笑笑道：「賭具沒問題。不過我提個議，三顆骰子難度小了些，不如六顆吧？」

莊之賢一怔，這些玩法他當然玩過，也知道通常玩家玩骰子，都是靠耳朵來聽的，練得高超一些的，能從聲音裏聽出一些音來，當然最好是一顆骰子，骰子越多越不好聽，因為碰撞的聲音會讓聽覺混亂。

一般的賭術高手最喜歡的就是兩顆骰子，三顆難度就大一些，厲害的也能聽到六七成準度，不過六顆骰子，莊之賢還沒見到有誰玩過，周宣到底行不行？

說實話，莊之賢還真沒底，周宣是很厲害，可是到現在，莊之賢也不清楚周宣到底厲害在哪裡，周宣到底能做些什麼。他一直不明白，馬樹對他的估計也只是估計，也不能確定周宣到底是異能還是魔術，或者只是動作夠快，超過了他們的肉眼能看到的程度！

第一五八章
繡花枕頭

漢克和佐藤有些奇怪，周宣無論是表情神態和動作，
都不像是一個賭術高手，甚至都沒有提一提賭骰子的規則就讓他們搖，
他到底是真高手在扮豬吃老虎，還是只是個繡花枕頭，裏面只是個草包？

周宣淡淡一笑，對他來講，六顆骰子與一顆或者是六十顆都沒區別，只是越多，點數倒是要細細算一下。

「六顆就六顆，我無所謂，只要你們同意！」

周宣這樣說，佐藤自然不會示弱，即使周宣不同意，他也會同意的，他的注意力其實在漢克身上，三個玩家，包括他自己，心裏忌憚的其實還是漢克，這人的成名遠在他之前，人的名樹的影，那可不是白來的！

這兒也不比正規賭場，沒有正式的荷官。

周宣倒是大方地對佐藤和漢克兩個人說道：「請二位搖骰吧！」

漢克和佐藤互相瞧了瞧，又望了望莊之賢和馬樹，倒是有些奇怪了，這個周宣是莊之賢的代言者，連馬樹都不用而用周宣，想必也不會簡單，至少是要比馬樹更厲害吧？

但周宣無論是表情神態和動作，都不像是一個賭術高手，甚至都沒有提一提賭骰子的規則就讓他們搖，他到底是真高手在扮豬吃老虎，還是只是個繡花枕頭，裏面只是個草包？

漢克略微一頓，隨即道：「莊先生，佐藤先生，賭法玩法可是自己定的，那賭局的賭注如何來定？」

這確實得說好，周宣馬上就知道自己露了醜，要是賭注都沒有說清楚，他們這可都是三億多美金的籌碼，要是每一局只扔個千八百的，賭到明年這個賭局也賭不完。

漢克說了這些話，眼光瞧向了莊之賢，周宣雖然是他的代理，那也只不過是替他玩賭局，賭注的事，還是得莊之賢說了算。

莊之賢嘿嘿笑了笑，說道：「玩到這個級數，底金自然是無所謂了，這樣吧，每一次起始的注碼以五百萬美金起跳吧，遞增也以五百萬這個數目依序遞增，漢克和佐藤先生同意嗎？」

「行，就按你說得辦，六顆骰子，就賭點數及大小吧，十八點以下算小，包括十八點，十九點及以上算大！」漢克點點頭，然後瞧向佐藤。

佐藤面無表情的攤攤手道：「我沒意見，就請漢克先生搖骰吧！」

漢克也不客氣，在眾人的目視眼光中，慢慢伸手拿起了骰盅和骰子，將骰子放在盅盤上，然後再蓋上了骰盅，這一些動作都故意做得很慢，目的就是要在場的所有人都看清楚，他可是沒有做任何出千的動作。

最後搖骰盅的時候，漢克的兩隻手大拇指按在骰盅蓋上，剩下的八根手指托在底盤上，接下來，搖的動作也很慢，輕輕搖了三四下，然後又輕輕放在了桌子上。

周宣對賭術規則自然遠不如漢克和佐藤瞭解，莊之賢說的投注限制，他並不十分了解，也不知道是每一把都至少要下五百萬，跟鍋底一樣呢，還是下注過後，每次往上抬價時漲價的數字呢？

漢克把骰盅放在桌子上後，笑瞧著佐藤和周宣，攤了攤手，說道：「兩位，請吧！」

周宣在佐藤的後面，按順序，應該是佐藤先說話，所以他就瞧著佐藤，他怎麼出籌碼，自己就怎麼出。

在桌子上，莊之賢讓手下人端出來十億的籌碼，籌碼只有兩個種類，小的五百萬一個，大的是一千萬，每人都是十個一千萬的大籌碼，五十個五百萬的小籌碼。

佐藤在漢克搖的時候，稍稍偏了耳朵注意聽著，周宣這個時候也早運起了冰氣凝神注意著，他不僅是注意骰盅裏的骰子點數，同時也暗中觀察著佐藤和漢克的動作，包括莊之賢和馬樹，甚至可以說是對莊之賢和馬樹的關注力更大一些，畢竟傅盈和魏海洪的安危還繫在他們身上。

當然，他也要防著馬樹的讀心術，在腦子裏運足了冰氣，築起一道防火牆。

漢克這一把搖出來的點數很奇怪，居然是五個二一個一，差一點就是六個二點。

佐藤在前面毫不遲疑就丟了一個五百萬的籌碼，說道：「小，扔五百萬玩玩，試試水！」

周宣在他後面，心想：是賭小，還是直接賭十一點的點數呢？想了想，還是覺得先低調點好，賭個小吧，要是賭十一點，那太明顯了。

「我也下五百萬的小。」周宣扔了五百萬的一個籌碼，然後又說道，「漢克先生算是做莊吧？要是你搖了豹子出來，是通吃吧？」

周宣的話讓所有的人都怔了一下，這話問得也太傻了些吧？這是最簡單的賭法規則，他居然還要這麼問。

漢克搖了搖頭，回答道：「NO，我要向你澄清一下，我不是莊家，我只是搖骰，所以你們不是跟我對賭，但下注後，如果我感覺的點數與你們不同，那我就會跟你們賭，所以，如果搖出了豹子的話，也不算我通吃你們，只有在我們都願意對賭的時候，才算是真正的賭！」

周宣聽了漢克的話，心裏頓時一鬆！

按照漢克的話來講，那就是這個賭局上，只要他們認爲所聽到的點數與自己感覺到的不同，那才會開始賭，並不是像詐金花那樣，每一局都要賭，贏不到的那一局至少就要輸掉鍋底。

如果按漢克的意思來玩，假如他們三個人的想法都一樣，那麼這一局就算是白搖了，這樣的話，耗一天也許也沒有真正的輸贏。

這倒是符合周宣的想法，只要他還沒有把握脫離莊之賢的牽制，那他就不敢輸也不敢贏，賭局無限期延續下去，對他才是最好的情況。

漢克瞧了瞧桌子上兩枚五百萬的籌碼，說道：「小我就不賭了，這樣，我賭十一點的點數，你們有誰願意賭嗎？」

佐藤眼睛都眯了起來，在不可能出千的情況下，他只能靠耳力、眼力、記憶力和經驗來對付了。他是有名的千王，千王不能出千，那還不等於老虎給拔了牙一般！

漢克搖的點數，佐藤聽過了，想了想，開始賭的小看來是賭不成了，漢克的確是個勁敵，而那個周宣，倒是還沒看出有什麼不一樣，畢竟周宣也跟他下了一樣的籌碼和賭小，可以說是跟風吧，沒有自己的主見。但也可能他是自己聽出來的，總之，現在還瞧不出什麼來，百分之五十的機會，下什麼都不算奇怪。

佐藤沉吟了一下，然後道：「漢克先生，十一點的點數我也不跟你賭，我跟你賭五個二點、一個一點，你可願意？」

佐藤這個說法其實是沒有多大的變化，依然是十一點的點數，但難度大上了許多，六粒骰子，如果談十一點的總和的話，是有很多種變數的。總和越大，變數就越多，十一點的點數算小，變數也就不是很多，只有八種結果，但歸類到極詳細的五個兩點和一個一點，那還是有些本事。

漢克呵呵一笑，攤攤手，表示不玩這一局。然後兩個人都瞧了瞧周宣，周宣淡淡一笑，也微微搖頭道：「不賭！」

漢克笑了笑，揭開了骰盅蓋子，裏面的骰子形成一個半圓形的排列狀，前面三顆兩點，第四顆是一點，最後面是兩顆兩點，果然是十一點，跟佐藤的五個兩點和一個一點的估計一絲不差，這一局，讓莊之賢和馬樹都認識到漢克和佐藤果然是名不虛傳，真正的高手！周宣卻是有點在蹚渾水的味道，不過沒有輸，也算和稀泥和對了。

看到周宣目前的表現，莊之賢還沒有表露出不滿意的樣子，畢竟賭局才開始，而周宣也沒有輸。任何玩家在與不同的人進行賭局時，都是要觀察一段時間的，不能貿然就跟對手拼個你死我活的。

這一局大家算是都放棄了，三個人的評估都一樣，沒有不同的結果。

漢克把骰盅端起來，蓋上骰盅蓋子再搖了幾下，這幾下前面急，後面兩下又慢，如果聽聲音的話還有點亂，佐藤這一下就皺了皺眉。

漢克這一把的確是用了點手法，佐藤沒有聽出來，但卻是瞞不過周宣，因爲周宣在冰氣施展下，任何秘密都等於是拿到眼皮底下讓他細看著，手法再隱秘再多，又怎麼瞞得過他？

漢克在他前面急搖的那幾下用了巧勁，其中一顆骰子斜靠在蓋盅壁上，後面兩下慢搖，只是讓其他五粒骰子有了變動，其他五粒骰子剛好是一條龍的數字，從一到五，一二三四五，關鍵的是剩下的那一顆靠邊上的骰子，卻是斜靠著，這個就不好猜了。

在上面露了一大半數字的是六，但這顆骰子是斜靠了一半的，如果漢克揭蓋的時候把蓋子稍稍往裏面挪半分，哪怕就那麼一丁點的距離，外人看不出有任何不同，但就這麼一丁點移動，骰子倒下來就會變成五點，如果漢克揭蓋子時不往裏移這一丁點距離，照直或者往外的方向傾斜，那這個點數就會是六點。

所以說，這個點數是有變化的。周宣在冰氣的探測之下，心裏有如明鏡一般，在佐藤後面，他這一局要怎麼下呢，賭這一顆是六點還是五點？

佐藤確實不敢肯定，猶豫了一下，然後放了一個五百萬的籌碼，說道：

「五百萬，大。」

這是最安全的下法，因為一二三四五那五顆骰子點數他聽出來了，就是這一顆不敢肯定，但如果是三點以上的點數，那就是大了，因為不肯定，所以賭大也有些危險。

佐藤賭了大，接下來就輪到了周宣。

周宣沉吟著，這個骰盅裏的情況他自然是清楚的，但就是那個大也不是百分之百安全，因為如果開蓋的時候，漢克手拿著盅蓋往裏外移，那這個點數的大小也會完全改變。

如果盅蓋往左稍稍用一點手法揭開，蓋子就會把那顆骰子往左邊倒，最後的點數將會是一，如果往右邊倒，那點數就是二，往左往右，點數的總和都是十八以下，是小！

也就是說，這一局下什麼都不能肯定，都會有變數，關鍵是看佐藤和周宣各自怎麼下。

佐藤這個時候已經下了大，如果周宣在後面跟著下大，再跟風，那漢克這一把就會開出十二點來，點數總和就是小點；但如果周宣下了小，那漢克就會考慮一下了，兩邊的注碼一樣多，漢克就沒必要再做手腳，誰贏誰輸都與他無關！

確實不好下。無論他怎麼下，都不能保證漢克得到的結果是他所要的。

這一把關鍵是還不能跟佐藤下一樣的結果，如果一樣，那就提前分勝負了。如果跟佐藤下不一樣的結果，那還有一點機會，而後面的結果就要看漢克有心讓哪一個贏，哪一個輸了。

周宣這一把又是不能輸的，本來想再打一把和局，但漢克的手段打破了這個僵局，這一局就肯定有輸贏了，漢克是絕對不會再跟佐藤一樣的結果了。

周宣考慮了一下，心裏有了決定。這一把他是不能輸的，要是現在惹怒了莊之賢，那可不是好事，首先得保證傅盈和魏海洪的安全爲第一，這一把，他無論如何都得贏，而這也局限在不分輸贏的僵局之外。

周宣就在漢克凝視他的笑意間，暗暗運起了冰氣，把蓋子內壁緊挨著骰子的著力點處轉化吞噬掉一些，這樣，那顆骰子在慢慢滑下的時候，就會沒有一點響聲，直到完全落下。

這樣，那顆骰子的點數其實就變成了六點，而且整個過程除了周宣一個人知道，漢克和

佐藤是沒有半點發覺的。

「我下一二三四五六，六顆骰子各是不同的點數。」周宣終於說出了要下的結果，然後輕輕推了兩個一千萬的籌碼，「我下兩千萬的籌碼。」

漢克微微一笑，這一局是他做的手腳，他當然知道會是什麼樣的結果：無論佐藤和周宣怎麼下，都會是錯的。

不過，漢克當然希望他們兩個人下的是一樣的結果，這樣就不用他多費力氣和腦子，周宣沒有緊跟佐藤下一樣的賭注，看來周宣也並不是他們想像的那種和稀泥的人。

這一局的骰子點數，按正常來說，的確是一到六個不同的點數，除非他在最後一刻改變。

漢克這個手法是經過十幾年的苦練才練出來的絕技，讓六顆骰子中的一顆出現這樣的情況，而且要讓骰子在靠邊壁的那一刹那消除掉聲音，而聽力高手就會產生誤覺，不會察覺到最後那一絲變化。

在這一手上，漢克是有百分之百把握的，直到現在，他從沒有失手過。

一般來說，漢克不願這麼早就用出這一手絕技來，但今天的情況顯然不同以往，佐藤是個跟他同一級數的高手，而另一個周宣，他雖然沒見過，暫時也看不出來有什麼特殊的地方，但周宣肯定不會像表面看來那麼普通，以莊之賢那種角色，絕對不會找一個弱咖來下這麼大的注！

說實話，漢克在這個時候忽然覺得，應該對周宣更加注意才對，因爲不明白的人才是最危險的人。

周宣沒有下大，但下了兩千萬的賭注也不錯，至少他這一把可以賭了。

「這一局，佐藤先生和周先生的注碼我都吃下了！」漢克笑了笑，然後問道：「最後時刻，請問二位還要不要加注？」

佐藤見漢克竟然把注碼吃下了，心裏便知道壞事了，是他搖的骰子，自然知道裏面會是什麼結果，漢克是什麼人？

跟他佐藤相比也只高不低的高手。看來在骰子這種玩法上，自己還真不如他，這一局是輸定了。好在只丟了五百萬，無所謂，只要後面小心點就好。

如果是在平時，周宣沒有傅盈和魏海洪的心理壓力，這一局的賭注就不是兩千萬，而是桌面上的整個賭注了，但現在，他不能幫莊之賢一次就決了勝負，這樣的話，只會使傅盈的生命結束時間提前而已。

兩千萬，是個較適當的數字，再多了就會把時間提前，危險；但如果太少的話，莊之賢就會不滿意，他不滿意，情緒就會不穩定！

在這個時候，周宣是不敢跟莊之賢賭這一把的。

佐藤自然是不會再加注了，周宣也是不會加的，但嘴裏還是回答道：「漢克先生，就這樣吧，不過你自己要加注碼的話，那也無不可。」

「也無不可？」漢克在嘴裏念了一聲，還沒弄懂這話的意思。

漢克的中文雖然說得不錯，但那都是爲了要應付賭局，最近幾年來，亞洲玩家尤其瘋狂，一擲千金的人多不勝數，像漢克這樣的高手，自然是不會錯過這種賺錢的好機會的，只是中文略深一些的就不明白了。

周宣怔了怔，沒想到自己認爲很簡單和自然的話對漢克來說，竟然會那麼複雜，怔了怔後才解釋道：「漢克先生，也無不可的意思就是可以！」

「可以啊？呵呵，既然周宣認爲可以，那我就在周先生的注碼上加一倍吧，就四千萬吧。」

漢克笑呵呵地加了四千萬籌碼進去。畢竟在他認爲是贏定了的賭局中，太少賭注會浪費這一局他所花費的高超手法。

漢克加了注，周宣也只得又放了兩千萬的籌碼，雖然自己不想加，但漢克提到明處了，他也只得跟著。

莊之賢在一邊倒是有些緊張，四千萬美金對他來說，還是有相當大的壓力，換做港幣，那可是接近四億了！

漢克接下來又對佐藤說道：「佐藤先生，你不加注了，那我就開了！」

佐藤雙手一攤，做了個請的姿勢。漢克微微一笑，伸右手抓住骰盅蓋子頂部，然後提了起來，這個速度略快，佐藤不明白，但周宣有冰氣感應，自然是瞞不過他的。

漢克揭蓋子的手勢，如果不知道的人，只會看到他在揭蓋子而已。周宣就在漢克揭蓋子的時候，看到他手勢略微往左傾斜了一下，不過這動作做得十分自然，不會引起別人的注意。

揭骰盅時的動作，無論是什麼人，都會有一點傾斜度，或左或右，或前或後，但很少有人會直直向上提起。

漢克笑呵呵把骰盅向左揭開，眼睛卻是沒看骰盅裏的點數是多少，而是緊盯著周宣，這時，連佐藤他也不怎麼在意，這一局他的對手只是周宣而已。

他心裏知道，周宣這四千萬是輸定了，他這手法是萬無一失的！

周宣的冰氣一直就沒停止過探測，在漢克揭蓋子的時候，冰氣就探測到點數是一二三四五六點，那粒靠內壁的點數如他所想，沒再變成別的點數，蓋子揭開了，依然是一到六不同的點數。

佐藤是早就有著輸了五百萬的想法，蓋子揭開後，也不是特別激動，因為心裏有了準備，但眼睛一瞧見骰子的點數時，不禁一怔，隨即呵呵一笑！

他居然贏了！

這是怎麼回事？漢克居然會失手？那可太不像他這個級別的高手所為了！

漢克笑呵呵地盯著周宣好一陣子，也沒能在周宣臉上看出什麼失望的表情來，心裏正奇怪著，難道輸四千萬對他來說只是微不足道的小事？還是這些錢不是他的，所以並不痛心？

就在這個時候，漢克卻是聽到莊之賢一聲暴喜的聲音：「贏了，哈哈，贏了！」

漢克一呆，好一會兒才想起莊之賢這話是什麼意思，他們贏了，是不是就是表示他自己輸了？

漢克呆了一下，立即低頭瞧了瞧骰盅裏面的骰子，這一瞧還真是呆若木雞！

漢克在賭場上自然是歷經千萬，經驗非凡，既然是賭局，有輸也不足為奇，但他可從來沒有在信心十足的時候得到相反的結果，這太意外了，讓他一時間無所適從！

漢克瞧著骰盅裏的骰子呆怔著，好半天也沒想明白是怎麼回事。他這手法可是千錘百煉才練成功的，簡直可以說是百發百中，萬無一失，但今天這次是怎麼了？

漢克莫明其妙地輸了，甚至沒有半點心理準備！

周宣對漢克的警惕放鬆了些。漢克的心在這一剎那開始動搖了，一個高手最怕的就是信心動搖。

漢克對自己的手法是絕不懷疑的，但為什麼結果改變了？難道是佐藤或者周宣動了手腳？

但漢克馬上就否定了，因為佐藤和周宣根本就沒靠近他，如果要動手腳，至少得碰到工具，或者是在他身邊二十公分以內的距離，才有那個可能。

周宣瞄了瞄莊之賢，這小子這時喜氣洋洋的，雙手直搓，恨不得周宣一局就把臺上的籌碼掃乾淨。看得出來，周宣剛才的表現很合他的心意。

莊之賢等著漢克再次搖骰，再次開局，心裏已經在幻想著十億美金的美景。

第一五九章

公海巨賭

莊之賢心裏七上八下的，難道周宣真是想借這個機會搞垮他？

連莊之賢都有些懷疑周宣的用心了。

這一局，兩個人加起來的注碼可是有八千萬美金之巨啊，

這可不是小數目，莊之賢輸不起！

周宣這時候把大部分心力都放在了莊之賢和馬樹身上，尋找破綻。

漢克臉上露出了汗珠，擦了擦才起身說：「對不起，莊先生，佐藤先生，周先生，我去一趟洗手間！」說完，把籌碼推到周宣面前，又賠了五百萬給佐藤。

佐藤下的是大，也算贏了。

一般人在狂怒和暴燥的時候，通常會選擇洗個冷水臉，這樣會讓情緒冷靜一些，對於漢克上洗手間的事，很正常，當然，這也是允許的範圍之內。

人有三急，不管在什麼時候，什麼場合，人去洗手間都不會被禁止。

莊之賢與馬樹對望了一眼，然後，馬樹站起身笑笑道：「漢克先生，我帶你去！」

漢克做了個請的手勢，說道：「謝謝！」

莊之賢點點頭，微微含笑。

馬樹的意思他明白，帶漢克上洗手間，主要目的還是監視爲主，這也好，這老小子看來是有些亂了，馬樹盯著他，倒省了他費心。

又瞧了瞧周宣面無表情的樣子，很冷靜，莊之賢笑了笑，這小子還真行，沒找錯人。漢克和佐藤吧，也都是賭術界的傳說，沒想到今天這一交手，漢克被搞了個措手不及。才短短兩局，漢克就亂了心神，看來勝利在望。

只是可惜了！莊之賢又嘆了嘆，周宣確實是個人才，比他之前選定的馬樹還更加有力得多，馬樹雖然不錯，但周宣明顯比他高出不止一籌，只是周宣是肯定不可能像馬樹那樣容易掌握的，加上他與魏海洪又是一道的，周宣的來歷定然也不簡單，有如此背景的人又如何能跟他合作？

再說，如今已經是要得罪魏海洪了，反正都是做，乾脆一不做二不休，把周宣和魏海洪、傅盈都做掉，只等這個賭局一完就動手，然後再來個毀屍滅跡！現在是什麼年代？講究的是證據，沒有證據的事，誰也不能拿他怎麼樣！

周宣雖然不知道莊之賢現在的念頭，但對之後的結局卻是料得沒錯，無論是輸或贏，莊之賢都不會放過他，現在自己又被他捏住了軟肋，只能見機行事，可直到現在，也還是沒有一個妥當的辦法。

周宣在表面上當然不會露出情急的表情，冰氣又探測著到了洗手間的漢克和馬樹，這幾個人的動靜都在他的腦子中，沒有絲毫遺漏。

幾分鐘過後，漢克和馬樹回來了，漢克依舊坐在原來的位置上，臉上沉靜多了。

馬樹回來後，向莊之賢輕輕點了一下頭，表示沒有任何意外。

周宣沒有瞧馬樹，在這個遊艇上的任何地方，他都不需要用眼睛去看，就已經全局在握。如果說要動手，這大廳裏，三方面的人加起來有三十個人左右，再加上遊艇上其他的手

下，總數不下五十人，但周宣如果有出手的念頭，只要那麼一想，冰氣就能把這些人全部蒸發掉，不會留下任何痕跡。

但他現在不能這麼做，因爲他還沒找出對付莊之賢的辦法，還沒有把握找到傅盈和魏海洪。

漢克坐回原位後，笑笑地對周宣和佐藤道：「現在就由佐藤先生和周先生其中一位來搖骰盅吧，我就不再獻醜了！」

佐藤似乎不想搖骰，他對骰盅玩法並不是最拿手的，否則也不會差點就被漢克的手法騙了，所以就搖搖頭，然後瞧著周宣道：

「周先生來試試？」

周宣也不推辭，如果他拒絕的話，那肯定就會換一種玩法了，如果換成紙牌，或者其他種類的器具，那必然就需要用冰氣轉化吞噬改變底牌了，一旦轉化吞噬過後，牌數就少了，容易露出破綻，雖然因爲沒有證據找不到他頭上，但如果對方或者莊之賢這樣的人要賴，那也沒辦法。

缺牌少牌了，肯定是有人出千，找不出來就宣布這幾局無效，那也不是不可能的事，所以周宣覺得最好還是玩這個骰盅，不說贏吧，至少自己不會輸，無論他們玩什麼手法，真實的底數可都是在自己的腦海中，不會錯！

漢克把骰盅慢慢推到周宣面前，周宣把骰盅接過來，也沒揭開蓋子看裏面的骰子，捧起骰盅就端到面前，說道：「既然漢克先生要我搖骰，那我就現醜了！」

說完，周宣雙手捧著骰盅搖了幾下，骰盅裏叮叮噹噹響了幾下，接著放到桌子上，對漢克和佐藤攤手道：「兩位，請吧。」

周宣的下手是漢克，這時候就要漢克先說話，然後才輪到佐藤。

漢克在周宣捧盅時就已經很注意了，眼光盯著他，耳朵也全神傾聽著，不過，周宣卻不像他那麼玩手法，似乎只是極簡單地搖了幾下，什麼手法也沒用，聽聲音便知道幾顆骰子的點數，兩顆兩點，兩顆四點，一顆一點，一顆六點。

佐藤也聽出來了，周宣確實沒玩什麼花招，手上也沒有小動作，聲音和手勢一致。就這樣？太簡單了吧？這讓漢克和佐藤很詫異。

漢克怔了怔，然後說道：「我下注兩個玩法，大下兩千萬，一二二四四六，這六顆點數下兩千萬。」

佐藤聽得當然跟漢克一模一樣，想了想，也推出了四千萬，然後對周宣說道：

「我也跟漢克先生一樣吧，大下兩千萬，一二二四四六的精微點數下四千萬。」

按照一般的賭場規則來說，越難的結果，賠率就越高，就以骰子來論吧，大小和單雙是一樣的賠率，都是一賠一，百分之五十的機會，但精確到點數的數字，賠率就高了很多，一

般會有五六倍以上，每顆骰子相同的點數，也就是所謂的豹子，賠率就是最高的。

但現在的方式，漢克、佐藤、周宣這三個人的賭局就不依那些規則來計算了，由他們自己說，沒說就按一賠一。

周宣對這些賠率玩法又不懂，除了輸贏，賠多少贏多少，這些規則他一點也不清楚。一邊的莊之賢是聽不出來任何點數的，他只有等，乾著急，一切的希望都押在了周宣身上，只要能贏，他就不會走強搶的那一步。

馬樹今天也很不自在，讀心術讀不到周宣的，這不奇怪，因爲他早就知道周宣是個很難纏的人，但對漢克和佐藤，他居然也有些吃力。

先是探測了一下漢克，一開始只看到黑乎乎的影子，其他什麼也看不到，看來這個人心狠手辣，腦自制力非常強，馬樹讀不到他一丁半點。

而第三個人佐藤，馬樹倒是讀到一點，不過卻跟日食月食一樣，看到一點，然後天就黑了，接著又看到一點，然後又黑了，綜合起來，馬樹是可以肯定的，佐藤和漢克都一樣，是心智力非常強的人，他不可能強讀，否則讀到的也不準。

腦力非常強的人，馬樹比較忌憚，一是有可能讀不到對方的思維，二是也有可能讀到假的，因爲心智很強的人，可能用腦力假想的畫面來騙倒讀心術。

但那是在雙方都很瞭解的情況下，才會如此防備。

說實在的，漢克和佐藤其實並不知道馬樹會讀心術，只不過，他們這種時常動腦筋玩手段的人，心智和腦力要遠比普通人強得多，這種人的思維活動通常都很封閉，所以馬樹不太容易讀到什麼。

馬樹對佐藤和漢克讀不到什麼，而周宣那兒，他看到的則只有一堵看不到頂點和邊際的牆。幸好莊之賢今天沒讓他出面，如果讓他出面，只要讀不到對手的思想，他就無計可施，要說賭術，他可是一丁半點也沒有，漢克搖的兩把，和周宣剛剛搖的這一把，他是絲毫也聽不出來。

漢克和佐藤兩個人都下注了，而且下的注也都完全一樣。

當然，別人也不會把佐藤看成是和稀泥，或是跟著漢克滾的人，兩個人都這樣下，那只能說明周宣搖的骰子點數是這樣了。

周宣淡淡一笑，如果不是莊之賢的原因，換他完全自主的話，這一把他就把全部籌碼梭哈了，一次賭完，因爲裏面的點數跟漢克和佐藤所說的，不一樣！

這當然不是周宣的手法有多高明，而是周宣把其中一顆，也就是一點的對面那一側轉化了一丁點，而這顆骰子裏面，轉化成黃金的地方，無疑會增加一點重量，重量不同，響聲就會不一樣！

也就是這一點不一樣，讓漢克和佐藤都把一點聽成了是六點，其實裏面真正的點數是兩個一點，兩個三點，兩個四點，總共是十四點。所以，佐藤和漢克無論是大小，還是精確點數，都是錯誤的。

所有人都猜測，周宣這一把肯定是會放棄了，他的賭術聽力絕不會超過佐藤和漢克這兩個人。而周宣一直沉吟著沒說話，在莊之賢和馬樹看來，也就是準備放棄的表現。

不過，周宣的回答卻讓他們所有人都十分意外！

「佐藤先生，漢克先生，你們下的注，大小和精確點數，這兩種玩法的注碼，一共是八千萬，我都接下了，不知道你們還有沒有要再加碼的？」

周宣沉吟了一陣，然後說出這些讓他們極爲吃驚的話來。

尤其是莊之賢，從剛剛的表現來看，周宣雖然贏了，但贏得並不令人信服，而佐藤和漢克兩人都是一樣的想法和注碼，那充分說明兩人都猜測的一樣，這樣級數的兩個高手，得到的結果都是一樣，那精確度無疑會達到很高的水準，而周宣卻偏偏來了個逆向操作！

連莊之賢都有些懷疑周宣的用心了。這一局，兩個人加起來的注碼可是有八千萬美金之巨啊，這可不是小數目，莊之賢輸不起！

周宣該不會是有心報復他？莊之賢心裏七上八下的，難道周宣真是想借這個機會搞垮他？剛剛周宣又說了，讓佐藤和漢克可以再隨意加碼，這更讓他心裏不安，如果……莊之賢用眼神緊緊盯著周宣，可周宣並沒有瞧他，當他不存在一樣！

如果周宣唬弄了他，莊之賢就決定提前讓傅盈和魏海洪見閻王去，絕對！

佐藤和漢克一怔，雖然他們兩個人都聽得很肯定，但周宣沒理由就這麼輸啊？難道是真的……？

尤其是漢克，心神激動了一下，然後又推出了四千萬的籌碼，說道：「那好，周先生有這個心思，那我就再推一把，再各加兩千萬的注碼！」

再加兩千萬，那就是大的注碼和點數的注碼各占四千萬了，與佐藤的四千萬籌碼加起來，總共有一億兩千萬之多了，如果這一把周宣輸了，前一把雖然贏了兩千萬，但這把連本帶利就會輸掉一億兩千萬，扣掉贏的，還要輸一億本錢，會損失他三分之一的賭本，這個壓力，無論是誰都有些承受不住。

好在佐藤沒有再加注的想法，表面看起來，周宣好像輸定了，但在賭局中，在賭桌上，沒有把最後結果的底牌亮出來，輸贏都不是絕對的事，所以看起來普通沒有名氣的周宣，反而讓他覺得有些莫測高深起來，或許這一把並不穩當！

佐藤微微笑了笑，示意不再加注。

周宣雖然沒用眼睛看莊之賢，但這傢伙的一舉一動，面目猙獰的表情，又哪裡不在他的

腦子之中顯現？

他輕輕哼了哼，對漢克和佐藤伸手道：「漢克先生，這把你下那麼大，我可沒玩過，心有點跳，呵呵，這個骰盅，就由你來代勞如何？」

佐藤和漢克又都是一怔！

周宣在搞什麼？這不叫自信，這叫調戲嘲弄，通常只有極高手對付普通玩家，當傻瓜一樣玩弄才會這樣做，這個周宣，是真傻還是在扮豬吃虎？

漢克怔了怔，最終還是笑了笑，說道：「那好，周先生既然有這種想法，那我就代勞一下吧！」

周宣有意讓他來開，漢克心裏一動，倒是有些料到周宣是不是真的想把莊之賢整垮？笑了笑，伸出右手輕輕提著骰盅蓋子。

難得的什麼方向都不偏，直直地往上面提起，而且速度很慢，如果骰盅裏的骰子靠邊，如他上把所用過的手法一樣，依照他提蓋子的動作，骰子點數也是不會有任何變化的。

當然，這也是漢克要求的結果，他下了整整八千萬美金，容不得有所閃失。

周宣一直是淡淡地瞧著他，面無所動。

這一次，漢克沒有盯著周宣，而是盯著面前的骰盅。

蓋子揭開了，但點數卻讓他呆了呆，一點沒錯，兩個兩點，兩個四點，但那個六點不見了，怎麼多了一個一點？

漢克有點發怔，沒有反應過來！

當然，這個結果對他來說實在是太意外了，以他的級數，他的眼神，這個點數只需要輕掃一眼便即明白，但這個結果實在太打擊他的心理了！

佐藤卻是身子一震，心裏一涼，果然輸了！而且輸在哪裡都不知道，來的時候，心裏只把漢克當成勁敵，對這個從未聽過的周宣，完全不當一回事，只是剛剛這一局他才開始意識到重視起來，沒想到，周宣才是個不露相的絕頂高手！

馬樹是明白周宣的特殊能力的，周宣的手段他可是嘗過了一回，不輕不重，不鹹不淡，卻總是讓你在最後死掉！

只有莊之賢，先是十分緊張，咬牙切齒的，以為周宣會把他賣了，但骰盅一開，瞧到點數，又情不自禁狂跳起來，不顧形象地叫道：

「一一……二二四四，十四點，贏了……贏了，我們又贏了！」

這個時候，莊之賢恨不得把周宣抓到手中狠狠親一口，這個周宣雖然可恨，但手段著實好啊，自己可是一直緊張地盯著，卻是在神不知鬼不覺之間，讓佐藤和漢克溫煮死在他的鍋水中！

要不是與周宣結成了死敵，要不是周宣絕不可能為他所用，要不是周宣身分不那麼特

殊，莊之賢還真想好好拉攏周宣，結下盟約，從此五湖四海的發大財！

但這顯然不可能，以前面的往來經驗，莊之賢就知道，周宣絕不可能與他合作。這個人跟馬樹完全不同，不是錢財美色可以拉攏的，況且這一次，已經把他得罪死了！

加上上一局贏到的兩千萬，周宣兩局就贏了一億四千萬巨款，這讓莊之賢之前輸掉的十億港幣早回了本，這時候心裏大定，當著周宣的面，瞧了瞧時間，還有二十分鐘才到一個小時，笑笑著向周宣揚腕示意了一下，表示記著呢，不用擔心！

這個動作，算是對周宣的示好和獎勵了。

周宣在漢克呆滯的表情中把籌碼挪了回來，這個時候，他是最大的贏家，場面明顯占優了。

佐藤前一局贏了五百萬，這一局輸了兩千萬，總數輸了一千五百萬，對三億五千萬的總數來說，不算太明顯。

而漢克就不同了，上一局輸了兩千五百萬，這一局又輸了八千萬，一共輸了一億零五百萬，接近三分之一，桌面上的籌碼明顯少了很多，而這一局的心態比上一局敗得更加明顯！

佐藤從這時知道，今天的漢克肯定是栽了，而且栽得不明不白的；自己也很危險，從賭過的兩局中，他可是半點也沒發覺到周宣到底是怎麼贏的！

要說動了手腳出了千，佐藤可不覺得，他就是個千王，周宣就算手段再高，那也離不開幾個基本的條件，而周宣根本就沒觸動這幾個基本條件，好像銀行被搶劫了，但周宣根本就沒出過門，一直待在家裏，你說能把搶劫的帽子扣在周宣頭上嗎？

顯然是不可能的！

周宣雖然贏了這一局，惹得莊之賢高興了，但心裏卻是更加的慌亂，越接近賭局的尾聲，也就越害怕，因爲他還沒有找到任何能對付莊之賢的辦法。

漢克著實亂了心態，不過表情雖亂，但卻沒有說話。

周宣指了指骰盅，對著佐藤和漢克問道：「我搖還是你們搖？」

佐藤搖了搖頭，對這個玩法，他是不主動的，能拖過先拖過再說，打定了主意，後面凡是骰盅的玩法，他就不再下注，等換過別的玩法再說。

漢克喘了幾口氣，然後抓過骰盅說道：「我再搖一次！」

周宣淡淡地向他伸手示意，由他搖。

漢克雙手把骰盅端了起來，先是鎮定下來後，然後沉吟起來，端著骰盅的手微微有些發顫。

莊之賢嘿嘿直笑，這個漢克，跟傳說中的形象不符啊，輸了連手都打顫了，後面還怎麼能贏？

周宣卻是跟他不一樣的想法，因爲一直都是運用冰氣探測一切的，這個漢克的手打顫卻絕對不是因爲害怕，而是似乎在運一種功夫，有些像內氣功夫的一種。

因爲周宣的冰氣感覺到了漢克身體內氣機的變化，在漢克的下腹丹田處，一股強大的氣機在運轉，然後上升到胸口，再延伸到雙臂，直至一雙手上，再由手上運到骰盅裏。

周宣感覺得到，漢克的這股氣機運到骰盅裏後，只包住了其中一顆，依著漢克這個狂暴的氣機源頭，只要他一放開，這股氣機就會把裏面包著的那顆骰子分裂成碎片。

周宣怔了怔，馬上明白了漢克的念頭！

這顆骰子在漢克內氣的運用下，先是分裂成碎片，然後又在他內氣的包裹下緩緩又極輕地散開，這會讓高手也聽不出動靜來，只會猜到這顆骰子在分裂前的點數，至於粉碎過後，那就只有漢克一個人才明白了。

這玩的是功夫，在賭局中，這些骰子只要沒真正消失，那就不算出千；但要是少了一粒，就會讓對手不依從。搖碎了骰子不算是出千，誰都不敢保證搖骰子的時候，力氣太大會把骰子搖碎了。

當然，能搖碎骰子的人肯定不簡單，但在賭場中卻也沒有誰會規定，骰子搖碎了，那一局就不算。搖骰子的人也不算出千，你聽不出來，就算你的技術差，聽力不如人，輸了也沒話說。

周宣這時才真正明白了漢克的用意，當即在他準備運內勁把那粒骰子分裂的時候，運起冰氣把那粒骰子的外層轉化爲黃金，當然只是極薄極薄的一層。

漢克運起內勁一分裂，然後又用內勁護著那粒骰子，直至軟化貼地。

只是，他不能運用內勁感覺到骰子裏面的情景，只是如以往一般施爲，卻不知道這粒骰子已經被周宣將外表轉化爲了黃金，他的內勁並沒有把骰子震碎！

第一六〇章
絕頂高手

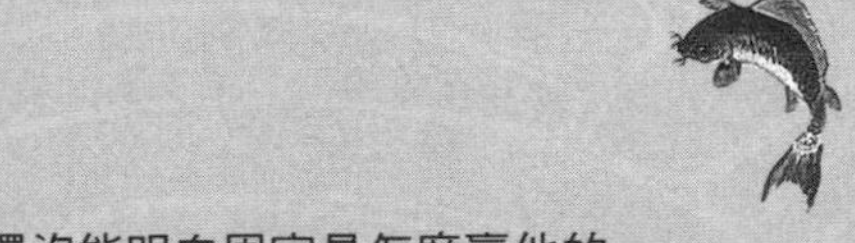

到現在，漢克還沒能明白周宣是怎麼贏他的。
第一次是他自己失手，但第二次是周宣搖的骰，
難道是自己和佐藤都聽錯了？沒能瞧出周宣做任何手腳，
那只能說明一點，周宣是個比他們更高的高人！

在漢克停止搖骰後，把骰盅放到了桌子上，周宣這才又把那極薄的一層黃金吞噬掉了。

那粒骰子立即又變成了原來的樣子，因為這幾粒骰子本身就是新的，一塵不染，所以周宣轉化吞噬了一層極薄的表皮後，從外表上是看不出來的，如果骰子是舊的，那麼這時候就會變成新的，但骰子原就是新的，顏色就沒有太大變化，而且在面積體積上，也瞧不出異狀來。

漢克放下骰盅後，呼地吐了一口長氣，這個內勁可是極耗精力的。

而漢克對這次的搖骰相當有把握，因為他的內家功夫可是能裂木碎石，相信在這大廳裏的人，沒有一個人會想到他漢克竟然是一個氣功高手吧，以他的身手，如果不用槍的話，這大廳裏的人就算全部湧上來，那也不是他的對手。

只是，這也只是漢克自己的想法。周宣就是他意想不到的一個人。

周宣明白漢克是個內家高手，能隔著骰盅把裏面的骰子碎裂，可不是普通的練家子能辦得到的，就是三山五嶽，也找不出幾個能和漢克一般身手的人。

以前，周宣面對的武術高手也有不少，比如盈盈、魏曉雨以及魏海洪的那幾個保鏢，這幾個人都是極為出色的高手，但如果跟漢克比的話，那還是遜色不少。

傅盈和魏曉雨雖然身手極高，但還遠達不到能碎石裂木的境界，更談不上隔山打牛的內勁功夫。

漢克對這一次是有十分把握自信的，但他確實沒想到會遇到周宣這麼一個世間不應該出現的奇人。周宣的冰氣不是地球上的任何一種能力，所以超出了漢克的認知之外，輸給周宣也就不奇怪了。

只是到現在，漢克還沒能明白周宣是怎麼贏他的。用他的估計來猜測，周宣是不是靠運氣？又或者是他自己失手了呢？但也太巧了吧？

第一次是他自己失手，但第二次是周宣搖的骰，難道是自己和佐藤都聽錯了？沒能瞧出周宣做任何手腳，那只能說明一點，周宣是個比他們更高的高人！

當然，漢克一直處在頂峰的境界，他不相信還會有比他更高的人，所以才會栽得很慘。

漢克搖完骰，瞧著周宣和佐藤，又看了看自己的一雙手，低聲道：「佐藤先生，周宣先生，你們有沒有下注的意思？」

佐藤聽出了點數是一二三四五六，二十一點，但對這個骰子點數，他還真不敢下注了。現在漢克問到他，他想了想，最後丟了一枚五百萬的籌碼，好歹湊個數，免得冷場，再說，五百萬籌碼就算輸了，那也無所謂，後面馬上就提議換一種玩法，立刻可以贏回來！

「我就下個二十一點的大吧，五百萬，隨便玩玩！」

漢克面上不動聲色，佐藤沒聽錯，確實是一到六的不同點數，算起來是二十一點，確實是大，但那顆六點給他粉碎了，一點也沒有，總和其實就變成了十五點，是小了，佐藤下得

雖然少，但依然是輸！

輪到周宣了，周宣沉吟著該下多少時，漢克盯著他說道：「周先生，我有個提議，不知道你想不想聽？」

「請說！」周宣自然不知道漢克想說什麼，伸手示意請他說。

「是這樣的。」漢克沉沉地說道，「一局也是賭，十局也是賭，賭太多了費時也傷神，不如就這一局定輸贏了吧，我這兒還有兩億四千五百萬的籌碼，就一把梭哈了，你願意嗎？」

周宣一怔，沒料到漢克會一把全下，現在要怎麼辦？

如果這一把就把漢克贏了個乾淨，那就是把漢克排除在外了，賭局中就只剩下了他跟佐藤兩個人，如果佐藤不玩了呢？那是不是就表示賭局結束了？那他的結局就到了，傅盈和魏海洪又怎麼辦呢？

周宣一時額頭冒汗了！

看著周宣的樣子，莊之賢也有些心急，這一把太大，他心裏也緊張，不知道周宣有沒有把握，於是就問道：「周宣，你這把下不下？」

莊之賢這話其實是試探周宣有沒有把握，如果有把握的話，就跟漢克賭了，如果周宣不下注，那就是表示沒把握，那就不賭。

但周宣卻誤會了莊之賢的意思，因爲莊之賢在問他的時候，無意中瞧了一下手上的表，周宣以爲莊之賢是在提醒他，時間到了，他得給個表示！

周宣這才想起，一個小時的時間到了，當即對漢克說道：

「我跟你賭，一二三四五六點！」

漢克一聽樂了，呵呵笑道：「那好，就賭了，兩億四千五百萬！」

漢克的興奮，佐藤的疑惑，莊之賢的緊張，周宣的無奈，馬樹的面無表情，一時間形成了鮮明的對比，各人的表情皆不同！

因爲關心傅盈和洪哥的安危，周宣一時情急，毫不猶豫就答應了漢克的賭注。

莊之賢一瞧，知道周宣有把握，爲了讓他安心，笑嘻嘻地拿起手機就打了個電話，只說了一句話：「安全！」

就這麼兩個字，周宣就知道，時間又可以再拖一個小時了。

這裏一安全，注意力立即又轉到了賭桌上來，周宣當即數了兩億四千五百萬的籌碼推出去，手邊還剩兩億零五百萬的籌碼，而對方，也就是漢克面前，卻是一無所有，全數推了出來。

佐藤在第一局時以爲輸了，卻又贏了五百萬，第二局周宣搖骰，下了兩千萬以爲贏了，

卻是輸了，總額還是輸了一千五百萬，這一局又下了五百萬，當做是輸吧。

周宣把籌碼推出去後，漢克感到從沒有過的緊張，從頭到尾，他都沒瞧清這個年輕人的實力，一開始他沒把他瞧在眼裏，但後來就覺得有些不對勁了，雖然這一把他用了自己最厲害的一手，但現在卻莫明其妙的有些心虛了！

心虛是因爲看不清周宣這個人的底細，所謂知己知彼，百戰百勝，對陌生的對手，誰也沒有把握。

瞧著桌子上的骰盅，三個賭家都盯著沒說話，倒是旁邊的莊之賢忍不住催道：

「開……開吧，開盅！」

漢克在手心裏哈了一口氣，有些顫顫地把蓋子揭開了！盅底裏六顆骰子，一顆不缺，沒有碎末，漢克不禁呆了，瞧了瞧自己的手，難道內勁不行了？

莊之賢這一下是如狼嚎般一聲大吼：

「哦……一……又贏了，贏了，我們贏了！」

說實在的，按莊之賢這些動作表情，漢克和佐藤就沒有半分瞧得起，但現在他們兩個人也都心神不定，根本就沒注意到莊之賢，也無所謂他的大吼大叫。

漢克又呆又怔，伸手一把抓著桌子邊上，手用力處，桌子「喀嚓」一聲就裂了一塊！

除了周宣對漢克的內功心裏有數外，其他人都是吃了一驚。尤其是莊之賢，著實吃了一驚，不禁對漢克心生懼意，漢克這一把要是抓在他身上，那他還不得成肉泥了？

周宣可不管漢克，伸手把籌碼掃回自己面前。漢克雖然厲害，但自己可不怕他，因爲他有把握在他對付自己之前先把他廢了。

漢克呆了一陣，臉上表情有些陰陰的，眼睛在莊之賢那邊瞄了瞄，但最終還是沒有再動作。

周宣問了問佐藤：「佐藤先生，你還要不要繼續？」

雖然這樣問著，但周宣心裏卻是無比希望佐藤答應。

其實周宣根本就不用擔心，賭博的人一旦上了桌，那就不容易再下去，佐藤又輸了一千多萬，在這個桌子上，周宣剛好把漢克的籌碼全數捲過去了，佐藤哪裡會甘心走，恐怕他現在想著的只是趕緊換一種玩法，然後趁機搏回來。

「當然還繼續，只是……」佐藤沉吟著道：「我們換個玩法好不好？」

周宣眼神向莊之賢一瞄，這傢伙正陶醉著呢，在他眼裏，佐藤依然不是周宣的對手，這錢怎麼能不賺？

周宣心裏一鬆，只要佐藤有心玩下去，哪一種玩法他都不怕，現在主要的是把佐藤綁在

賭桌上，這樣他才能贏得時間。

「佐藤先生要玩哪一種玩法？」周宣盯著佐藤的臉，一邊問一邊盤算著，聽莊之賢介紹過，這人是出名的千王，通常千王容易出千也最拿手的，莫過於撲克牌等等比較容易藏的類型。

佐藤笑了笑，說道：「我們就來個簡單的，就梭哈吧，這玩法大家都熟悉。」

果不其然，佐藤挑了撲克牌來玩，要說玩牌的話，周宣倒也不怕他，只是擔心如果用冰氣把牌轉化吞噬後，會不會因爲撲克牌數少了被發現？

但周宣也只有答應下來，見機行事吧。

莊之賢讓手下拿了一疊沒開封的撲克牌過來，這些牌不是作假的，沒有暗記或者透視。

佐藤也不客氣，先拆了一封出來，拆開膠封，把撲克牌取出來順手理了一下，切開中間，正反兩面瞧了瞧，接著又讓身後的手下取了一付眼鏡，戴上後瞧了一下，這才點了點頭。

佐藤是行家，牌有沒有問題，一瞧便知，又戴上透視眼鏡瞧了瞧，肯定這牌不是透視撲克，他的眼鏡是世界上最先進的高科技產品，如果是透視的，無論哪一種撲克，原理都是一樣的。

周宣自然就不會去測了，無論是真的還是假的，對他來說都是一樣，不過真的肯定是要好一些，佐藤不知道底牌的話，那他就處在了上風，因爲他知道底牌是多少。

如果佐藤跟他硬鬥，那無疑是必輸的，現在周宣擔心的就是佐藤會出千。

周宣盯著佐藤看了看，佐藤穿得很整齊，黑西服，裏面是白襯衣，黑紅色相間的領帶，一雙手很白皙，像女人的手。

周宣瞧著佐藤那袖口裏的襯衣口，扣得規規矩矩的，心裏動了動，馬上運起冰氣一測，不測不知道，一測還真是嚇一跳！

佐藤那襯衣袖口裏貼著手腕的肌肉，藏著一個半彎形的鐵盒子，而鐵盒裏是個機關，有彈簧，裏面有三張撲克牌，袖口也掩蓋得很巧妙，一點兒也瞧不出來。

周宣立刻知道佐藤爲什麼要玩梭哈了，但在這個關頭，心裏考慮著要不要把他的機關先道破，讓他做不了假，出不了千？

猶豫了一下，周宣還是決定不要在這個時候把他的秘密說出來，看看再說。

佐藤覺得自己有機關，所以才會對自己有信心，有了信心才能讓賭局玩下去，這樣周宣才有機會處在後發制人的上風口。

瞧著佐藤切牌驗牌後，周宣淡淡道：「佐藤先生，那就請你洗牌發牌，反正就只有我們兩個玩家，別的規矩也就無所謂了。」

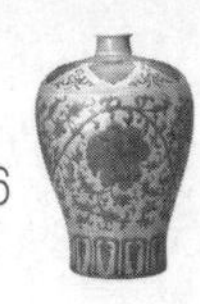

佐藤洗牌倒是沒玩半點花招，老老實實的，手法讓周宣和別的人都看得很清楚，洗完牌後放到桌子上，先請周宣切牌。

周宣隨便切了幾張牌，數都沒準數，但牌裏面的數字他是知道的。

佐藤拿起撲克牌開始發牌。

首先是一張暗牌。周宣知道，佐藤自己的是一張梅花三，他的是一張黑桃六；再發的明牌，佐藤的是方塊三，周宣的是黑桃七。

看明牌的話，是周宣的牌面大，由周宣說話。

周宣丟了一枚五百萬的籌碼，淡淡道：「五百萬！」

佐藤自然是跟了注，只要跟了注，那這個賭局就要繼續下去。

然後，周宣又運冰氣測了後面的牌面，第一張是紅桃六，第二張是方塊二，第三張是黑桃四，如果按這個順序發下來的話，第一張紅桃六是佐藤的，第二張方塊二是周宣的，黑桃四又會到佐藤手裏了，前面三張牌，只有黑桃四對他有用，可以做同花順。

周宣更不遲疑，先將第一張紅桃六轉化吞噬了。

不過，佐藤在發牌時，大家都沒注意到，只有周宣用冰氣探測著，佐藤第一張牌不是從上面拿的，而是從最底下抽出來的，只是動作極快，根本沒有人瞧清楚，這個動作也很隱蔽，看起來就是正規地在發牌。

周宣早就在防備他出千，只是沒料到他會這麼早就用了手法，想也沒想，趕緊又把第二張方塊二轉化吞噬掉，佐藤再發牌時，才發到了周宣要的那張黑桃四。

牌面上，周宣的明牌是黑桃四和黑桃七，而佐藤的是方塊三和紅桃三，一對三牌面大，由佐藤說話。

佐藤當然不知道周宣暗中幹了什麼手腳，牌是他發的，周宣連牌都沒碰一下，這一局，他的贏面占九成，只要後面再拿到他設下的牌面，那就是十成十的贏面了。

「我說話，那就兩千萬吧。」佐藤順手丟了兩枚一千萬的籌碼，這個時候不宜過份大注，但也不能太小，太大的話會引起周宣的猜疑心，怕他不跟，但如果太小的話，周宣如果牌面差，扔了也不會覺得心疼，所以不大不小最好。

當周宣跟進後，要扔掉又不捨得的時候，就可以下重注來誘惑周宣，這就是詐雞的手法。

再下面的牌面是一張黑桃Ａ，第二張是黑桃五。

佐藤發出來後，心裏一怔，雖然洗牌後只有很短的時間，他的記憶力可是超強的，應該不是這樣的牌面。周宣的底牌這時候明牌是黑桃五六七，暗牌是黑桃四，就差一張黑桃三或

者是黑桃八，隨便兩張中哪一張，都成同花順了。

現在，要贏佐藤是沒問題了，只是要考慮牌數的問題了，如果佐藤看出破綻，會不會清牌？如果他真要清牌的話，那自己就影射一下他手腕裏的秘密！

發出來四張牌了，一張暗牌三張明牌，佐藤的明牌是一對三和黑桃A，周宣的明牌是黑桃五六七，同花順，顯然是比佐藤的牌面要大。

佐藤的暗牌也是一張三，加起來就是三條三了，這還是算有牌的，而周宣雖然表面上是同花順，但要真的拿到同花順可就十分難了，還需要兩張牌都是黑桃，那張暗牌不知道，後面還有最後一張牌。

周宣自然是早知道自己的暗牌是黑桃四，再測了測底下要發出來的撲克裏面，下面第一張牌是黑桃九，第二張是黑桃三，而最下面是紅桃A。

現在由周宣先說話，第一張牌就是發他的。

佐藤頭先發牌是用了快手法發了最下面的那張牌，除了周宣，其他人似乎都不知道，周宣是這樣猜測的，但不知道漢克知道不知道？

不管漢克知道不知道，他都沒有說話，就算知道，想必他也不會說出來吧，現在，漢克肯定是把周宣當成了對手。

周宣不動聲色地先把那黑桃九轉化吞噬了，這樣再發最後一張牌時，他拿到的就是黑桃三，加上手裏面的牌，他就是黑桃三四五六七的同花順，以佐藤現在的牌面看，就算他拿到最大，也就是四條三，輸定了。

把後面的準備工作做好後，周宣故意遲疑了一下，然後才推出兩千萬的籌碼，說道：

「小玩一下吧，就兩千萬。」

佐藤憑著記憶力，知道再發的第一張牌是黑桃九，這樣的話，發給周宣的牌面就成了黑桃三五六七九，成不了同花順，只是同花而已，而他自己的牌已經是三條三和一個A，而後面自己早做好了準備，發周宣的牌時，他又會用同樣的快手法發底下的牌，那張是紅桃A，加上前面的那張黑桃A，他手上的牌就成了三條三和一對A的富爾豪斯，這個牌面可不小！

佐藤笑呵呵地數了五千萬的籌碼，然後推出去說道：

「周先生，你的注碼我照跟了，再加三千萬！」

請續看《淘寶黃金手》卷十一　鎮店之寶

【附錄】

兩岸主要古玩市場・市集地址

台灣古玩市場・市集地址

台北市建國假日玉市：北市仁愛路、濟南路及建國南路高架橋下

台北市光華假日玉市：新生北路與八德路口

台北市三普古董商場：台北市新生南路一段十四號

台北市大都會珠寶古董商場：台北市中山區松江路二九一號B1

新竹市東門市場：新竹市東區中正路一〇六號

台中市立文化中心周遭：英才路、美村路、林森路、公益路、金山路和民生路等地段

台中市第五期重劃區：大隆路、精明一街、精明二街、東興路和大業路等地段

彰化：彰鹿路

高雄市：廣州街、廈門街、七賢三街、中正路、大豐路等

大陸古玩市場．市集地址

北京古玩城：北京市朝陽區東三環南路廿一號
北京潘家園舊貨市場：北京市朝陽區華威里十八號
上海國際收藏品市場：上海市江西中路四五七號
天津古物市場：天津市南開區東馬路水閣大街三十號
天津古玩城：天津市南開區古文化街
重慶市綜合類收藏品市場：重慶市渝中區較場口八二號
廣東省深圳市古玩城：廣東省深圳市樂園路十三號
廣東省深圳華之萃古玩世界：廣東省深圳市紅嶺路荔景大廈
江蘇省南京夫子廟市場：江蘇省南京市夫子廟東市
江蘇省南京金陵收藏品市場：江蘇省南京市清涼山公園
浙江省杭州市民間收藏品交易市場：浙江省杭州市湖墅南路
浙江省紹興市古玩市場：浙江省紹興市紹興府河街四一號
福建省白鷺洲古玩城：福建省廈門市湖濱中路
福建省泉州市塗門街古玩市場：福建省泉州市狀元街、文化街及鐘樓附近
河南省洛陽市西工古玩市場：河南省洛陽市洛陽中州路
河南省洛陽市潞澤文物古玩市場：河南省洛陽市九都東路一三三號

湖北省武昌市古玩城：湖北省武昌市東湖中南路
四川省成都市文物古玩市場：四川省成都市青華路三六號
遼寧省大連市古玩城：遼寧省大連市港灣街一號
遼寧省瀋陽市古玩城：遼寧省瀋陽市瀋陽故宮附近
黑龍江省哈爾濱市馬家街古玩市場：黑龍江省哈爾濱市南崗區馬家街西頭
吉林省長春市吉發古玩城：吉林省長春市清明街七四號
山東省青島市古玩市場：山東省青島市昌樂路
河北省石家莊市古玩城：河北省石家莊市西大街一號
山西省平遙古物市場：山西省平遙縣明清街
山西省太原南宮收藏品市場：山西省太原市迎澤路
陝西省西安市古玩城：陝西省西安市朱雀大街中段二號
安徽省合肥市城隍廟古玩城：安徽省合肥市城隍廟
甘肅省蘭州古玩城：甘肅省蘭州市白塔山公園
雲南省昆明市古玩城：雲南省昆明市桃園街一一九號
江西省南昌市滕王閣古玩市場：江西省南昌市滕王閣
貴州省貴陽市花鳥古玩市場：貴州省貴陽市陽明路
湖南省長沙市博物館古玩一條街：湖南省長沙市清水塘路

淘寶黃金手 卷十 揮金如土

作者：羅曉
出版者：風雲時代出版股份有限公司
出版所：風雲時代出版股份有限公司
地址：105台北市民生東路五段178號7樓之3
風雲書網：http://www.eastbooks.com.tw
官方部落格：http://eastbooks.pixnet.net/blog
Facebook：http://www.facebook.com/h7560949
信箱：h7560949@ms15.hinet.net
郵撥帳號：12043291
服務專線：(02)27560949
傳真專線：(02)27653799
執行主編：朱墨菲
美術編輯：許惠芳

法律顧問：永然法律事務所 李永然律師
北辰著作權事務所 蕭雄淋律師

版權授權：蔡雷平
初版日期：2013年6月
初版二刷：2013年6月20日
ISBN ：978-986-146-968-3

總 經 銷：成信文化事業股份有限公司
地　　址：新北市新店區中正路四維巷二弄2號4樓
電　　話：(02)2219-2080

行政院新聞局局版台業字第3595號 營利事業統一編號22759935

國家圖書館出版品預行編目資料

淘寶黃金手 ／ 羅曉著. -- 初版-- 臺北市：風雲時代，
2013.06 -- 冊；公分

ISBN 978-986-146-968-3（第10冊；平裝）

857.7　　101024088